dear+ novel
koisuru ikkakuju・・・・・・・・・・・

恋する一角獣

小林典雅

新書館ディアプラス文庫

恋する一角獣

contents

illustration：おおやかずみ

恋する一角獣

koisuru ikkakuju

いまより子供だった頃、一度だけ一角獣《いっかくじゅう》を見たことがある。

十年前、七歳のときに初めて自宅を離れて泊まった田舎《いなか》の村で、夜中に咳《せ》き込《こ》んで苦しくて目を覚ますと、窓辺に息を飲むほど美しい白馬がいるのに気づいた。

目が合った瞬間は馬だと思ったが、額《ひたい》から見慣れない銀色の角《つの》が伸びていたので、すこし不思議に思った。

その時は一角獣という存在そのものを知らなかったから、変わった馬だなと思いつつ、怖いもの知らずに窓を開けて話しかけてみた。

後になって本で調べると、一角獣は架空の生き物で、神話などに描かれる一角獣は大抵気難しく高慢で、清らかな乙女以外には凶暴だと書いてあった。

でも、その若い一角獣からはまったくそんな気配は感じられず、撫でたがって手を伸ばした幼い自分に大人しく鬣《たてがみ》や角を触らせてくれた。

昔から虚弱《きょじゃく》な質《たち》で、そのときも初めての汽車旅の疲れで熱が出ていたが、一角獣に触れながらおしゃべりしている間は嬉しくて熱など吹き飛んだ気がした。

おしゃべりしたと言っても、たぶん一方的に話しかけていただけで、会話が成立したかどうかは覚えていないが、なんとなく言葉が通じているような、満ち足りたひとときだったことは覚えている。

そのうちいつのまにか眠ってしまい、翌朝目を覚ましたときにはもう一角獣の姿はなかった。

開けたはずの窓は閉まっており、鬣や蹄《ひづめ》の跡などの痕跡も残っておらず、周りにその話をしても、珍しい夢でも見たのだろうと微笑《ほほえ》ましげにあしらわれただけだった。

でも、自分の手には鼻面《はなづら》や鬣を撫でたときのぬくもりやビロードのような肌触りの感触がたしかに残っていて、とても夢や幻とは思えなかった。

ただ、それ以降は二度と目にすることはなく、どこかに現れたという話も聞かないので、やっぱりあれは夢だったのかもしれないとだんだん思うようになったが、繰り返し思い出しているせいか、いつまでも鮮明に記憶に残っている。

あの頃は母を亡くしたばかりで悲しいことがなにもないわけではなかったが、周りの人間を心から信じられ、疑念や不信感に苦しむことはなかったから、一角獣との思い出はなんの悩みもなかった天真爛漫《てんしんらんまん》だった頃のことを思い出させてくれる。

今朝も久しぶりに美しい幻獣《げんじゅう》が夢に出てきて、微笑を浮かべてベッドに身を起こしたとき、ノックの音がした。

「失礼いたします、フィンレー様。お目覚めのお時間です」

ドア越しに低く深みのある声が聞こえた途端、フィンの顔から笑みが消える。

ドアが開き、乱れなく整った黒髪と藍色《あいいろ》の瞳の長身の世話係が水差しを手に入ってくる。

ダリウス・レーンはフィンの看病のために宛《あて》がわれた専属の世話係で、この家に来て十年になる。

「おはようございます。お顔の色はよろしいようですが、ご気分はいかがですか？　昨夜はよくお寝《やす》みになれましたか？」

そう問いながらダリウスは洗面台に水差しを置く。

「……気分は悪くないし、眠れた」

フィンが愛想《あいそ》なく答えると、

「それはなによりです」

と礼儀正しく返事をし、ベッドの脇を回って部屋を横切り、カーテンをすべて開けてタッセルで巻き、バルコニーに続くガラス扉を開いて新しい空気を入れる。

黒の上着にグレーのトラウザーズ、白のベストの男性使用人のお仕着せを礼服のように纏《まと》い、きびきびと働く見栄《みば》えのいい世話係をつい目で追いそうになり、急いで顔を背《そむ》ける。

「では体温を測《はか》らせていただけますか」

枕元に戻ってきたダリウスにカーディガンを肩に掛けられ、体温計を差し出される。

フィンは無表情に受け取り、寝間着の襟元《えりもと》のボタンをひとつ外して脇に挟む。

本当は「おまえがそばに寄るだけで、イライラしてもやもやして、動悸《どうき》がして気分最悪になる」と言ってやりたいが、すこしでも身体の不調を匂わすようなことを口にすれば過剰反応されてしまう。

まるでダンスでも申し込むような端整な所作で手首の脈を取られ、口づけでも迫《せま》るように至近距離に顔を寄せて、両目の下瞼《したまぶた》の裏をめくって貧血が進んでいないか確かめられたり、舌を出して喉《のど》の奥を覗かれたり、聴診器を胸のあちこちに這わされて音を聞かれたり、余計動悸がひどくなるようなことをされる可能性がある。

……ダンスを申し込むようなんて、馬鹿な喩《たと》えをしてしまった、向こうはまったくそんなつもりじゃないのに、と小さく吐息を零《こぼ》し、体温計を挟んだ左腕を右手で押さえてじっとしていると、ダリウスがフィンの髪を丁寧に梳《と》かしだす。

そんなことは自分でするから構うな、と払いのけたい気持ちと、そうされると心地よく感じてドキドキしてしまう気持ちの間で毎朝揺れ動く。

フィンは五年前からダリウスに対して相反する感情を抱いている。

出会ってから数年は純粋な好意と信頼感だけだった。

昔はもっと虚弱で寝込んでばかりで、同じ年頃の友達もいなかったから、十歳違いでもダリウスが一番年が近かったし、母が他界した精神的なショックからたびたび高熱を出し、喘息《ぜんそく》発作を繰り返していた幼い自分に、ダリウスは献身的に尽くしてくれた。

多忙な父に代わって年若い父親のように、または兄のように、ときには母のように細やかな心配りで手厚く看病してくれ、体調のいいときは遊び相手にもなってくれた。

おかげで成長とともに発作を起こすことも稀《まれ》になり、ダリウスはどんな薬よりもそばにいてくれるだけで心が落ち着く、使用人の枠《わく》を超えたかけがえのない大切な存在だった。

その信頼が裏切られたのは十二歳のときだった。

小学校に通い始めても、体調不良で欠席することが多かったフィンのために、執事のヒューバートが家庭教師《ガヴァネス》を雇うことを父に進言した。

ヒューバートは古くからこの家に仕《つか》える忠実な執事で、父のカイルが医学知識のある男性の世話係を探そうとしたとき、ヒューバートが同郷に適任の若者がいると父に推薦《すいせん》してダリウスが採用された経緯《けいい》がある。

父は執事の選定眼《せんていがん》を信頼し、家庭教師もヒューバートが推薦した同郷出のリーズ・マーカムという若く美しく快活《かいかつ》な女性を採用した。

リーズは学校の勉強が遅れないように見てくれるだけでなく、ダリウスに劣らず親身にフィンを慈《いつく》しんでくれ、夜中にすこしでも咳き込んだりすると、リーズかダリウスのどちらかが必ず駆けつけてくれた。

十二歳になったとき、父からリーズをひとりの女性として愛しているので再婚したいが、おまえの気持ちを聞かせてほしいと言われた。

ふたりの間にロマンスが進んでいたなんて初耳だったので少し驚いたが、リーズなら結婚しても童話に出てくるような意地悪な継母《ままはは》に豹変《ひょうへん》したりすることはないと確信でき、快《こころよ》く賛成した。

父が二度目なのと、リーズも元使用人ということで派手な式は望まず、自宅の庭で内輪だけのささやかなパーティーをした。

母になってもらえたのだから、前より遠慮なく甘えてもいいのかな、と嬉しく思っていた矢先、衝撃の秘密を知ってしまった。

フィンは眠りの浅い質《たち》で、寝返りを打っただけで起きてしまうこともあるが、その晩は外で人の話し声がした気がしてふと目を覚ました。

なにやら男女が声を潜《ひそ》めて口論するような様子が漏れ聞こえ、寝ぼけ眼《まなこ》で窓辺に寄ってカーテンの隙間から覗くと、なぜか庭に全裸のダリウスと、裸身にガウンを羽織《はお》っただけのリーズがなにか言い合いながら木立ちに駆け込むのが見えた。

十二歳だったので、その光景がなにを意味するのか、なぜ普段礼儀作法にうるさいふたりがまともに服も着ずに夜半に庭を走っているのか見当もつかず、混乱するばかりだった。

ただ、なんとなく秘密めいた雰囲気だったことは察せられ、直接本人たちに事情を問い質《ただ》していいものかためらわれた。

結局その晩は答えの出ない疑問がぐるぐる頭を駆けまわって朝まで眠れず、あられもない姿のふたりの残像が眼裏《まなうら》から消えなかった。

けれど、翌朝起こしにきたダリウスは何事もなかったように紳士的な態度でフィンの世話を焼き、朝食室で会ったリーズもいつもと変わらぬ曇《くも》りのない笑顔でフィンにも父にも優しく振る舞った。

どういうことなのか釈然《しゃくぜん》としないまま学校へ行き、だいぶ迷ってから親友のエリアル・ランバートに相談してみた。

一応「知り合いから聞いた話」という態《てい》で状況を説明し、どう思うか訊ねると、

「そんなの答えは決まってるじゃないか。そのふたりは間違いなく不倫の関係で、夫やほかの使用人たちの目を盗んで、外で密会していたとしか考えられないね」

と大人の事情通の友人はしたり顔で断言した。

「……え。不倫に、密会……？」

具体的な意味はよくわからないが、かなりよくない意味合いのような気がして、

「……で、でも、なんか揉《も》めてるみたいだったし、裸だったけど、いちゃいちゃしてる感じじゃなかった……って言ってたよ、その知り合いは」

なんとか取《と》り繕《つくろ》いながら、人に後ろ指を指されるような不適切な関係ではないのでは、とおずおず反論すると、早熟な親友は肩を竦《すく》めた。

「なら、情事になにか不満があったんじゃないかな。男が勃《た》たなかったとか早かったとか下手だったとか」

「……？」

エリアルの両親は揃って艶聞《えんぶん》の絶えない夫婦らしく、幼少時から様々なことを見聞きしてきた親友には豊富な知識がある。ただフィンにはついていけないことが多く、立つとか早いと

かってどういうことだろう、と眉を寄せていると、エリアルがフッと苦笑した。

「君はほんとにウブだね。君をそんな純真に育てておきながら、自分たちははしたなく野外でまぐわうなんて、君の世話係も継母も率先垂範《そっせんすいはん》とは言い難《がた》いね」

「……え」

最初に他人の話だと断りを入れたのに、さくっと見抜かれ、フィンはギクッと身じろぐ。

「……い、いや、違うよ、僕の家の話じゃないって言ったよね？　それに、不倫とか情事とか、よくわからないけど、そのふたりは隠れてそんな後ろ暗いことをするような人たちじゃないんだ。すごくちゃんとした人たちなんだよ。……って聞いてる」

必死に首を振って否定すると、エリアルが腕を組んで目を眇《すが》めた。

「じゃあ、君は真夜中にすごくちゃんとした人妻と使用人が裸でなにをしていたと思うのさ。トランプ？　それともレスリング？　その状況で年頃の男女がすることなんてひとつしかないよ。間違いなくふしだらで破廉恥《はれんち》で不届きな乳繰《ちちく》り合《あ》いをしてたに決まってる」

「……そ、そんなこと、ないと思う……！」

エリアルは学校の送り迎えのときや、たまに家に遊びに来たときに会うだけで、ふたりの人柄をよく知らないからそんな失礼なことを言うんだ、とフィンがまだ認めずに言い張ると、エリアルは小さな子供に言い含めるような口調で言った。

「お気に入りの使用人を庇《かば》いたい気持ちはわかるけど、いくら真面目な世話係でも、ひと皮剝《む》けば本能に支配される動物に過ぎないんだよ。フィンには刺激が強かったかもしれないけど、大人の世界じゃよくあることだから、大騒ぎしないで見なかったことにしなよ。ふたりとも安定した地位や職を捨てて駆け落ちするほど愚《おろ》かじゃないだろうし、他人に止められると、逆に燃え上がったりするからね。とにかく、ふたりとも君の世話を怠《おこた》らず、お父上の前で貞淑《ていしゅく》な妻を演じてくれれば誰も傷つかないし、修羅場《しゅらば》も避けられるんだからさ」

「……」

子供らしからぬアドバイスとともにポンと肩に手を乗せられ、ショックで言葉が継げなかった。

父と自分の前ではよき妻・よき母・よき世話係として非の打ちどころのないふたりが、陰で不実な行為に及んでいるなんて信じられなかった。

でも、自分が見た光景はほかに説明がつかず、そういうことに詳しいエリアルの推測が正しいような気がした。

ただ、不貞行為を自分が見なかったフリをすれば誰も傷つかずに丸くおさまるなんて、そんなことはない、自分はひどく傷ついている、と思った。

優しくて穏やかで誠実の見本のようなダリウスが、父の妻と不倫をしているなんて、最低だし、許せない。もし相手が人妻じゃなく、みんなから祝福されるような相手だったとしても、ダリウスがほかの誰かを好きになるなんて嫌だ、と胸が軋《きし》んだ。

ダリウスにはずっと自分だけを見て、自分のことだけを考えていてほしかった。自分だけに心を砕《くだ》いて、誰とも結ばれたりしてほしくなかった。

いつも当たり前のようにそばにいてくれたから、改めて考えたこともなかったが、そのとき初めて自分の本当の気持ちに気づかされた。

まだ恋とか愛とかはよくわからなかったし、男なのに同じ男の人にそんな気持ちになるなんておかしいかもしれないが、ダリウスに対する気持ちはただの「好き」とは違う、もっと強くて特別な「恋」のような気がした。

だからきっとリーズとのことを知って、こんなに苦しくて悲しくて、胸が張り裂けそうな気持ちになるのだと思った。

じわりと目が潤《うる》みかけるのを必死に堪《こら》えていると、エリアルが隣から肩を抱いて顔を覗きこんできた。

「フィン、そんな顔しないで。あんまり深刻に考えると、また発作が起きちゃうよ？　大丈夫、大人なんて飽きっぽいから、きっとすぐ別れてほかに愛人作るだろうし、真面目に悩むだけ損だよ。それに息抜きがあってこそ日々の仕事に精が出せるってお父様も言ってたから、目を瞑《つむ》ってあげなよ」

まったく参考にも慰めにもならなかったが、一応元気づけようとしてくれる友の気持ちだけ受け取って、なんとか頷いた。

衝撃の第一波が去ると、悲しみのあとから強い怒りが込み上げてきて、もうあんな裏表のある世話係なんかいらないから即刻解雇《そっこくかいこ》してくれと父に訴えたい衝動に駆られた。清廉《せいれん》そうな佇《たたず》まいで主《あるじ》を裏切って、何食わぬ顔で人のものに手を出す卑劣漢《ひれつかん》なんて、目の前からいなくなればいい、と憎さ百倍だった。

でも、昨日まであれだけ慕《した》っていたのに急に解雇を望んだりしたら、父に理由を追及されるだろうし、事実を話せばリーズを心から愛している父を悲しませてしまう。

それに、自分がこんなに怒りを覚えるのは、たぶんダリウスが自分じゃなくリーズに心を向けたことが悔しいからで、どうして自分を選んでくれなかったのかと詰《なじ》りたいほどダリウスが好きだからだと思った。

でも、いくら片想いしても、リーズみたいな大人の女性が好きなダリウスが、十歳も年下の男の子なんて相手にしてくれるわけがない、と悲しくて虚《むな》しくて、リーズが羨《うらや》ましくて妬《ねた》ましかった。

自分をこんな黒い気持ちにさせる憎い男には消えてほしいのに、勢いにまかせて追い出して、本当に目の前からいなくなったら、きっと淋しくてたまらなくて後悔するような気がした。

もし夜中に目が覚めたりせずにあんな場面を見なければ、ずっとダリウスのこともリーズのことも、有能な世話係と慈愛に満ちた継母と信じたまま、無邪気に懐いていられたのに、と悔やまれた。

ダリウスへの気持ちが恋だと気づかなければ、リーズを恨めしく思ったり、報《むく》われない初恋を嘆《なげ》いて苦しくなることもなかったのに、とやるせなかった。

せめて父にはこんな煩悶《はんもん》は味わってほしくなくて、このことは誰にも言うまいと心に決めた。

口を閉ざすことが父にとって本当にいいことなのか迷いもあったが、ふたりを糾弾《きゅうだん》して不貞を明るみにすれば離婚や解雇も免《まぬか》れない。

深夜に半裸でダリウスと共にいたリーズを見るまでは、本当に父を愛してくれているように見えた。

母と死別した父にさらに後妻との不倫離婚の苦痛を味わわせるくらいなら、偽りの演技でも良妻《りょうさい》のフリを続けてもらうほうが、父の心が平穏でいられるだろう、と子供なりに思った。

本当はふたりにそんな関係はすぐにやめてほしいと頼みたかったが、他人に禁じられると逆効果になるという親友のアドバイスを受け、余計なことを言って却って離れがたくさせるより、黙っていることを選んだ。

胸の中の痛みも悲しみも諦めもひとりで抱えたまま五年の時が流れ、ブランベリー家では表面上平和な家庭生活が営《いとな》まれている。

十七にもなるとそれなりに性知識も増え、やっぱりあの夜のふたりはそういうことだったんだろう、とわかる年齢になった。

その後ダリウスたちの密会現場を直接見たことはないが、時々すれ違いざまに「そろそろかしら」「はい、今夜お願いしても?」などと小声でやりとりしており、その晩は注意深く窺っているのだと思うしかなかった。隣の部屋にひそやかに誰かが忍んでくる気配を感じるので、まだ関係は続いているのだと思うしかなかった。

父には気づかれていないことだけが救いだったが、ふたりが表向きフィンにどんなに尽くしてくれても、陰で自分と父を裏切っているくせに、と思うと、ふたりの前で笑顔を見せることはできなかった。

ダリウスたちは、ある日突然フィンが甘えたり笑ったりしなくなったことに戸惑っていたが、まさか自分たちの密会を見られたとは思わなかったらしく、きっと思春期だからだろうという受け止め方をしたようだった。

ダリウスに不信や憤りを抱く一方で、恋心も消えずに燻《くすぶ》っており、実《みの》る可能性のない片想いの辛さと、何年もひとりで秘密を抱えている心の負担のせいか、近頃また体調を崩しがちになった。

いっときおさまっていた不明熱《ふめいねつ》や喘息発作をぶり返すようになり、あまり手を借りたくないダリウスとリーズに看病してもらわなければならず、ひ弱な自分が不甲斐《ふがい》なかった。

ダリウスを前にすると、恋い慕う気持ちと厭《いと》う気持ちが同時にせめぎ合い、目が合ったり触れられるとときめきで心が震えたり、不実な手で触られたくないと思ったり、正反対の感情に振り回される。

小さい頃からの恩もあるので面と向かって罵倒《ばとう》したりはできないが、素直に好意を示すのも嫌で、なるべく視線を合わさず、話しかけられても最小限の返事しかしないように努《つと》めている。

以前はダリウスが毎朝起こしに来るのを待ちわびて、その晩見た夢の話から昨日話しそびれたことなど聞いてほしいことがいっぱいで、いくら時間があっても足りないくらいだったのに、とぼんやり思っていると、

「フィンレー様、そろそろ体温計をいただけますか」

と毎回懐中時計で正確に測定時間を測っているダリウスに促《うなが》され、フィンは脇に挟んでいた体温計を抜いて渡す。

「平熱ですね。では登校のお仕度を」

体温計を振って酒精綿《アルコールめん》で拭《ふ》いてからケースに戻し、ダリウスは長身を屈《かが》めてベッドの足元のフィンの室内履《ば》きを揃える。

具合がいいときはなにからなにまで手伝わなくていいと何度も言ったが、

「私は世話係として旦那様からお給金をいただいておりますので、看病以外のお世話も仕事のうちです」

と譲らず、過保護なほど細々と気を回してくる。

いちいち断るのも面倒で、毎朝ダリウスが用意するお湯で顔を洗い、横に控えるダリウスの左腕に提《さ》げられたタオルで顔を拭《ふ》き、ダリウスが用意した制服に着替え、ダリウスが磨《みが》いた革

靴を履く。

最後に仕度を終えたフィンの全身をダリウスがサッと上から下まで点検し、軽く手櫛《てぐし》で髪を整えられ、ネクタイの位置を数ミリ直される。

毎朝のことなのに相手の手が伸びてくると鼓動が乱れ、それを隠すために顔がこわばる。

「結構です。では朝食室へどうぞ」

フィンは無表情を装《よそお》って頷き、ダリウスが開けたドアから廊下に出る。

相手はなんの気もなく職務の一環で触ってくるだけなのに、自分だけこんなに意識しているなんて馬鹿らしいし、情けない。

いっそ完全に嫌いになれたら楽なのに、と思いながら、フィンは物憂《ものう》く吐息を零した。

＊＊＊＊

ダリウス・レーンには隠し通さなければいけない秘密がある。

生まれ育った村では普通のことで、そこでなら誰にも隠したり偽《いつわ》ったりする必要はない。けれど、ひとたび人間ばかりが住む街に足を踏み入れれば、細心の注意を払って秘密を死守しないと命に関わることになりかねない。

地図にも載らない小さな田園の村・アールスフィールドは、住人がみな半獣《はんじゅう》で、女は正午から三時間、男は深夜から三時間、それぞれ親の血を引く動物に変身する。

生まれつきそういう種族というだけで、人型の間は人間と変わらぬ営《いとな》みを送り、獣《けもの》型のときも理性や知性は保《たも》たれ、人間に害をなすような攻撃性はない。

が、こちらは友好的でも、万が一変身中のところを人に見られたら、化け物と怖《おそ》れられて殺されたり、獣型のときなら害獣《がいじゅう》として駆除《くじょ》されたり、ペットとして檻《おり》に入れられ、時間が来て人型に戻ったりしたら大騒ぎになり、捕まって見世物小屋に売られたり、研究のために切り刻まれるかもしれず、極力人間社会とは距離を取り、仲間内だけでひっそりと暮らしている。

村の子供たちは自分たちと人間の違いや、いつ何時《なんどき》村に迷い込んできた人間に遭遇しても不審を抱かれないような身の処し方を幼い頃から叩き込まれ、住人のほとんどは一度も村から出ずに生涯を終える。

ただ完全に人間社会と没交渉ではなく、少数の冒険心と慎重さを兼ね備えた者たちが、正体がバレないように人間社会に溶け込みながら街で暮らしており、郵便や商品の流通もある。

ブランベリー家の執事のヒューバート・ロスもアライグマに変身する半獣で、雇い主にもほかの使用人たちにもバレずに長年勤めている。

半獣は秘密保持のために人間とは恋愛や結婚をせず、仲間同士で番《つが》い、獣種《じゅうしゅ》が異なる場合は人型と獣型のどちらか一方ずつ親の形質を受け継いだ子が生まれる。

ダリウスはヒグマの父と一角獣《いっかくじゅう》の母の間に生まれ、昼間は父親似の黒髪と藍色《あいいろ》の目の人型で、真夜中になると母と同じ一角獣の姿になる。

父のライリーは印刷所を営み、村の日刊紙や、街に住む仲間が人間社会の出来事を記事にして送ってくる新聞の原稿を印刷する仕事をしており、母のアデルは自宅の隣に医院を開く医師である。

ダリウスは小さな頃から父に刷《す》りたての街の新聞をもらって熟読するのが好きで、自分も一度でいいから汽車や自動車に乗ったり、海や蒸気船、高層建築、大勢の着飾った紳士淑女《しゅくじょ》の集《つど》う劇場での観劇やオーケストラの演奏会などなど、文字と白黒写真だけでは想像が追いつかない世界を実際に見てみたいと夢見ながら育った。

けれど、それを口にするたび両親から懇々《こんこん》と諭《さと》された。

「おまえが街に憧《あこが》れる気持ちはよくわかるよ。ここの暮らしは単調で時代遅れなものに思えるんだろう。もしおまえが犬や猫や小鳥に変身するのなら、街にもたくさんいるから送り出してもやれるが、一角獣のおまえを行かせるわけにはいかない。危険すぎるんだよ」

「そうよ、可哀想だけど、これだけは諦めて。外の世界はおまえが思う以上に恐ろしいの。新聞には犯罪の記事もたくさん載っているでしょう？　でも記事にならない、人間にとって当たり前のことが半獣には命取りになるの。人間は動物を見て、ちゃんと名前のある半獣の変身した姿かもなんて夢にも思わないから、獣型で街を歩けば容赦《ようしゃ》なく肉屋に連れていかれて捌《さば》かれちゃうわ。特におまえは人間界には一頭もいない一角獣だから、もし悪い人間に見つかったら剝製《はくせい》にされたり、延命薬として角を折られて骨も残らないほど食い尽くされるに決まってるわ。ここにいるのが一番安全で、おまえのためなのよ」

ダリウスは唇を噛み、ふたりの顔を窺いながらなんとか反論を試《こころ》みる。

「……危険は多いと思うけど、夜中は人目につかないように部屋から出なければ大丈夫じゃないかな。人間は夜行性じゃないから夜は眠っているし、僕たちは変身する時間が決まってるから、そこさえ気をつければ普通の人間のフリは難しくないと思うんだけど」

自分は男だから昼間に変身する女性より見つかりにくいだろうし、と付け足すと、母が眦《まなじり》を吊り上げた。

「夜行性の人間もたくさんいるの。夜更《よふ》けまでお酒を飲んでる人も大勢いるし、犯罪者は夜《よ》働《ばたら》きが多いから、夜なら安全なんて言えないわ。住む場所だって安宿やボロアパートなんかじゃ獣型になったときに足音や嘶《いなな》きが筒抜《つつぬ》けになったり、重みで床が抜けたりして、すぐ人家さんや隣人に見つかっちゃうわ」

「それに人間社会でまともな職に就《つ》くには学歴がいる。おまえはこの村の学校で一番の成績だし、都会の名門校にも受かる学力があるが、半獣だから寮にも入れないし進学はさせてやれない。独学でいくら勉強しても人間社会じゃ認められず、日雇いの親方に顎《あご》で使われるような仕事にしか就けないぞ」

「そんなみじめな思いをしてまでわざわざ行くようなところじゃないわ。お隣のリドリーさんのご長男のメルさんが何年も連絡もなく街から戻らないのも、きっとネズミの姿になったときに野良猫に食べられたか、大雨でどぶから下水道に流されて溺《おぼ》れ死んだか、息も絶え絶えになって人型に戻っても、迷路のような地下水路から出られずに身元不明の白骨死体で発見されて、共同墓地に埋葬《まいそう》されたに違いないわ。小さくても大きくてもありふれてても珍しくても、半獣にとって人間界は危険なところなのよ」

いかに人間社会が死と隣り合わせか微に入り細を穿《うが》って脅《おど》かされ、ダリウスは口を噤《つぐ》む。

でも半獣は野生の勘で相手が好意的か敵意を持っているか気配でわかるし、いざとなったら逃げのびることは不可能じゃないと思う。

何年も狩られずに無事に暮らしている仲間もいるし、お隣のメルさんだって、もしかして元気に遠い国まで旅してて、家に手紙も書いたけど郵便事故で届かないだけかもしれないし、人間だってすぐに半獣を殺そうとする人ばかりじゃないかもしれないのに、と言いたかったが、両親が自分の身を案じて大反対しているのもわかり、ダリウスはそれ以降は街への憧れを口にするのはやめた。

ただ完全に諦めたわけではなく、いつかチャンスがあれば行ってみたいという野望を秘め、街暮らしの経験者に体験談を聞いたり、学校から帰ると父の印刷所や母の医院の雑用や助手を務めたり、ほかの村人からもあれこれ頼まれごとを引き受けてコツコツお駄賃《だちん》を稼《かせ》ぎ、長期計画で資金を貯めることにした。

小遣い稼ぎのひとつに、昼間母が一角獣に変身しているときに角を削《けず》るよう頼まれることがあり、ナイフが刃こぼれするほど硬い角をなんとか削り、乳鉢《にゅうばち》ですりつぶして粉末にする手伝いもした。

一角獣の角には滋養強壮《じようきょうそう》の薬効《やっこう》があり、術後の患者などに必要に応じて微量を処方することがある。

母の助手として往診《おうしん》にもついていき、人型でも獣型でも内科から外科手術まで実地で経験を積み、このまま両親の希望どおり、村で医者を継いで生きていくことになるのかな、と思っていた十七歳の夏、転機が訪れた。

数年ぶりに帰省したヒューバート・ロスが、親戚より先にまっすぐレーン家にやってきた。

ヒューバートは名家の執事にふさわしく物腰に品があり、目の周りがアライグマらしく茶色く色素沈着《ちんちゃく》した五十絡《がら》みの紳士である。

まだ正午前だったので母も人型のまま、父と三人で迎えると、ヒューバートは丁重に用件を切り出した。

「ご無沙汰《ぶさた》いたしております。本日お伺いいたしましたのは、私がお仕《つか》えするカイル・ブランベリー氏がご子息のお世話係をお探しで、是非ダリウスくんにお引き受けいただけないかと、お願いにあがりました」

「えっ？」

レーン家の三人は同時に驚きの声を上げる。

両親はすぐに身構えるような硬い表情になったが、ダリウスは隠しきれない興味と興奮を瞳に浮かべる。

ヒューバートは三人に均等に視線を向けながら続けた。

「ご子息のフィンレー様は大変利発《りはつ》なお子様なのですが、生来《せいらい》ご病弱で、先月お母上を亡くされ、女性のお世話係ではお母上を思い出されて食事もままならず、このままではご子息まで儚《はかな》くなるのでは、と旦那様が大変案じておられます。そこで医学の素養があり、性格も穏やかなダリウスくんにお願いできないかと思い立ちました。住まいはお屋敷の一室で、変身しても問題のない個室ですし、報酬もご満足いただける額と存じます。私が長年勤め続けているのが何よりの安全の証拠と思っていただければ幸いですが、ダリウスくんの身も私が心してお守りする所存です。どうか一度旦那様とフィンレー様にお会いしていただけませんか？　おふたりのお気に召せば、その日からフィンレー様付きのお世話係に就いていただきたいのです」

願ってもない好条件の申し出に、ダリウスは上ずった声で即答した。

「……ぜ、是非、僕でよければ……！」

なにからなにまで理想的な話だと思った。

小さな病弱な子の世話なら、母の助手をして培《つちか》った経験と医学書で学んだ知識で対応できるだろうし、人間界でのベテランの先達《せんだつ》がそばにいてくれるお屋敷での仕事なんて、これ以上は望めないくらいの話だと思った。

きっと以前、街に行ってみたいと打ち明けたことを覚えていてくれて、自分に声をかけてくれたのだと思われ、身を乗り出して感謝しようとしたとき、隣から母が叫んだ。

「なに勝手に返事してるの！　ダメよ、許さないわ！　バレたらどうするの⁉」

「絶対気をつけるから！　ヒューバートさんだってバレてないし、きっと大丈夫だよ！」

「ロスさんとおまえじゃ条件が全然違うでしょう！　ロスさんは人間に見られてもそこまで驚かれず、食用にしようとも思われないアライグマだけど、おまえは一角獣なのよ⁉」

「でも行ってみたいんだよ！　こんなチャンスもうないかもしれないし、人助けのためだよ！　ずっとじゃなくていいから、その子が元気になるまででいいから、お願いだから行かせてよ！　……父さんと母さんが僕を守ろうとしてくれる気持ちはほんとに嬉しいけど、一度だけ、僕を信じて送り出してよ……！」

ダリウスが何年も秘めていた思いを振り絞《しぼ》って訴えると、憤怒《ふんぬ》の表情で口を噤んだ母に替わって、ずっと黙っていた父が口を開いた。

「……もう長いこと言い出さなかったから、すっかり熱が醒《さ》めたのかと思っていたが、ただ遠慮して言わなかっただけだったんだな。……これ以上引き止めても諦めがつくとも思えないし、それほど行きたいなら、期限付きで許そう。そのお子さんの状態が落ち着くまでの間だけだぞ」

「……えっ」

初めて父の口から許可が下り、驚いて父の顔を見返すと、母が「ちょっと、あなた！」と獣型だったら角で突き刺しそうな形相《ぎょうそう》で睨《にら》む。

「やめてちょうだい！　あなたはすぐそうやってダリウスにいい顔しようとして……！」

「そうじゃない！　これ以上強く禁じて家出でもされるより、ロスさんに託《たく》すほうが安心だと思ったんだ！　可愛い子には旅をさせるべきだし、人生はやらなかったことへの後悔のほうが大きいと言うだろう？」

「後悔しながらでも百まで生きてくれるほうが、十七で殺されるよりマシよ！」

「必ず命を落とすとは限らないだろう⁉　本人もロスさんも充分気を付けると言っているのに、君は心配性すぎる！」

「あなたは楽天的すぎるのよ！」

ふたりはダリウスとヒューバートをほったらかして、口角《こうかく》泡を飛ばして激しい口論を始める。

経験上、決着が着くまで相当かかると思われ、ダリウスは上品に唖然としているヒューバートに頭を下げた。

「……あの、すみません、お客様の前で……、たぶんかなりお待たせすると思うので、お茶のおかわりをお持ちしますね」

「……ありがとう、いただきます」

空いたカップとソーサーをトレイに乗せ、ダリウスは喧噪《けんそう》の応接間から台所へ向かう。

……どうなるかわからないけど、せっかく父さんが味方になってくれたんだし、なんとか母さんが折れてくれればいいけど、いままで口喧嘩で母さんが負けたことないしな……、とやきもきしながらコンロにマッチで火をつけてヤカンを乗せる。

来客用の茶葉で丁寧に淹《い》れた紅茶をトレイに乗せて戻りながら、名家のご子息の世話係なら所作に品が必要かも、とヒューバートの立居振る舞いを真似しつつドアを開けると、両親の口論が止《や》んでいた。

あれ、もう決着ついたのかな、と意外に思う。ふと時計を見ると正午の三分前で、これは終結したわけじゃなくて母の変身中は一時休戦にするだけだな、と納得する。

人型のときより大きな姿に変身する半獣は、変身前に服を脱いでおかないと破れてしまうので、母は毎日正午の数分前に別室に着替えに行く。

上機嫌とは言い難《がた》い表情で母はヒューバートを見据《みす》えて言った。

「……ロスさん、三時間後まで返事をお待たせするのも失礼なので、いまお伝えします。本当はまだ反対だし、不安しかないんですけど、息子の気持ちを尊重して、一ヵ月だけあなたにダリウスを託します。その間に後任の世話係を探して、必ず無事に息子をここに戻してください。本当に絶対に息子の身に危険がないように守ってやってくださいね」

「……母さん……！」

まさかの母の言葉にダリウスは目を瞠《みは》り、思わずトレイを取り落とし、せっかく淹れたお茶を零《こぼ》してしまう。

母の声や表情からも、まだ迷いを残しつつも、渋々許す気でいる気配が伝わった。

「ダリウス、一ヵ月だけよ、それ以上は一日も許さないわよ」

驚きと嬉しさで身動きできないダリウスにそう念を押し、アデルは部屋を出て行く。

ドアが閉まる寸前にやっと体が動いて「ありがとう、母さん！」と叫び、どうやってか母を説得してくれた功労者の父に飛びついて「父さんもありがとう！」と感謝のハグをする。

一ヵ月だけでも許可をもらえるなんて予想外の大金星だった。

もし「利発なお子様」というのが「小賢《こざか》しい悪童《あくどう》」の婉曲《えんきょく》な表現で、実は我儘《わがまま》いっぱい甘やかされて性格が捻《ね》じ曲がった金持ちの坊ちゃんだとしても、自分を人間界に招いてくれた恩人として誠実に看病しよう、とダリウスは荷造りしながら思う。

こんなに意気揚々と出かけても、最初の面接でブランベリー氏とご子息に気に入られずにとんぼがえりという可能性もあるが、行き帰りは汽車や車に乗れるし、街の様子も見られる。

もし不採用でも日帰り旅行に行ったつもりで道中を楽しもう、とダリウスは翌日ヒューバートとともに半日かけてブランベリー邸に向かった。

夢にまで見た乗り物に乗り、ビルや店舗が建ち並ぶ賑《にぎ》やかな中心街を通り、行き交う人々の装いや美しい街並みに目を奪われる。

これだけでも大満足だと思いながら着いたところは王侯貴族の館のような大邸宅だった。

予想以上にすごい家だった……、と驚きと感嘆と多少の気後《きおく》れを感じつつ、垢抜《あかぬ》けたメイドたちに会釈《えしゃく》しながら鞄を持ってヒューバートの後に続く。

最初に引き合わされたのは当主のカイル・ブランベリー氏だった。

氏は三十代半《なか》ばの実業家で、一粒種の息子を本気で愛し心配しているのが言葉だけでなく半獣の嗅覚《きゅうかく》からも感じ取れた。

仕事で家をあけることも多く、ずっとそばについていられない自分の代わりに、頼りにできて情のある世話係を求めていると言われ、ダリウスはこくっと唾《つば》を飲み、ハンサムな当主に熱意を込めて言った。

「医学は母から学んでいる最中で、まだ半人前ですし、名のある医学校にも通っていませんが、実地でひととおりの処置は経験しています。村で子守りを頼まれることもあって、小さな子と接することにも慣れていますし、もし採用していただければ全力を尽くしてお世話させていただきます」

学歴がないとそれだけでアウトかも、と思いつつ、両親から許された期限についても正直に申告する。

当主は履歴書より人品《じんぴん》を重視するタイプらしく、君の実直そうな雰囲気が気に入ったから、息子も気に入れば一ヵ月試用期間として雇《やと》いたいと言ってくれた。

当主と執事の後について、意匠性《いしょうせい》の高い大理石の階段のあるホールを抜けて奥の子供部屋に向かう。

このあとご子息の胸ひとつで日帰り旅行か、一ヵ月の逗留《とうりゅう》になるか決まるんだ、と緊張しながら室内に入り、初めて小さな主《あるじ》を目にした瞬間、しばし頭の中が空白になった。

天使がいる、と本気で思った。

大きなベッドに小さな身体を横たえ、二つ重ねた枕に頭を乗せて、上掛けから出した両手でおなかの上に乗せた本を静かにめくっていた少年は、ひと目で心奪われる愛らしい容貌《ようぼう》だった。はちみつ色に輝く髪に瞳は新緑の若葉の色で、大人びた物憂《ものう》げな表情から父親の姿を認めて「おとうさま！」と鮮《あざ》やかな笑顔に変わると、さながら天使のようで、背中に羽根を探したくなった。

「フィンレー、気分はどうだい？　起きていても大丈夫なのか？」

身を屈《かが》めて髪を撫でながら問うカイルに、

「はい、いまは息もくるしくないいし、おとうさまがきてくれたから、もっと気分がよくなりました」

と青白い頬に血の色をのぼらせて嬉しそうに見上げる少年に、ダリウスは息をするのも忘れて釘付《くぎづ》けになる。

小さきものは大抵可愛らしいし、中でも獣型のときの子供の可愛さは格別で、敵《かな》うものはないといままで思ってきた。

でも、この人間の男の子の可愛らしさは、村じゅうの子犬や子猫や子ウサギや子コツメカワウソや子レッサーパンダなど、ありとあらゆる可愛い半獣の子供たちをかき集めても敵うまいとダリウスは心の中で断言する。

外見や物言いが愛らしいだけでなく、性質も素直で穢《けが》れのないことが半獣の勘でわかる。

絶対にこの子の世話係になりたい、なんとしてもそば近くでお仕《つか》えしたいと強く思ったとき、カイルがダリウスを手で示しながら言った。

「フィンレー、彼はダリウスくんというお医者さんの卵で、今度から彼におまえのお世話係をお願いしようと思うんだ。ダリウスくんがそばにいてくれれば、いつ発作が起きてもハービー先生を呼ぶまで我慢しなくてもいいし、元気になれば一緒に遊んでもらえるよ。……どうだい？　試しにすこしお願いしてみようか」

父親の言葉を聞き、こちらに顔を向けた男の子はうっすら眉を寄せて警戒するような視線を向けてきた。

「……おいしゃさまのたまごって、ちゅうしゃもするの……？　僕、ちゅうしゃはキライなのに、ハービー先生はすぐおしりにちゅうしゃするんだ……」

子供らしい訴えにダリウスは微笑を誘われる。

「そうなんですか。お尻でも腕でも注射は痛いから嫌ですよね。私も苦手です。ただ、フィンレー様のお具合によってはどうしても必要な場合もあるかと思いますが、なるべく注射はしない方向で、飲み薬やほかの方法でお加減がよくなるように努めさせていただきますね」

昨夜母に削ってもらった自分の角の粉末を早速《さっそく》試してみようと思いながら笑みかけると、じっと大きな瞳でこちらを見ていた主にニコッと小さく笑み返された。

自分だけに向けられた天使の微笑に胸を撃ち抜かれ、思わず『神々《こうごう》しい』『尊《とうと》い』『眩《まばゆ》い』などの形容詞が脳内を駆け巡る。

自分がいつになくどこかおかしいような気がしたが、

「おとうさま、僕、ダリウスにいてもらいたい。ちゅうしゃはしないって言ってくれたし」

と小さな主が父親に告げたとき、さらにどうかしたとしか思えない、舞い上がるような高揚感を覚えた。

単に主治医より痛いことをしなさそうという理由で選ばれただけに過ぎなくても、愛らしい声で自分の名を口にされ、「いてほしい」と望まれたことが嬉しくて光栄で、自分こそ背中に羽根《はね》が生えたペガサスになったような気分だった。

当主から一ヵ月の雇用を正式に告げられ、絶対にこの子がよくなるようにどんな努力でもしよう、とダリウスは心から誓う。

もしいつか街で暮らせたら、と夢想《むそう》していた頃は、あちこち観光をして、村にはない素敵な美術芸術に触れたり、名物料理を食べたり、いろんなことを体験して好奇心を充《み》たしたいと思っていたが、いまはそんな我欲《がよく》はきれいさっぱり消え、お屋敷から一歩も出ずにすべての時間と情熱を主のために注《そそ》いだ。

主治医のハービー医師に過去の病歴や処方薬について問い合わせると、呼吸器系が弱いこと以外は熱の原因になるような疾患《しっかん》はないとのことだった。精神的なものも大きいと思われ、なるべく心が落ち着くように、常にそばにいて見守り、早く心を開いてもらえるように努めた。

呼吸苦《こきゅうく》で寝られないときは服薬と吸入薬を使いながら、膝に抱いて楽になるまで何時間でも背中をさすって励《はげ》まし、発熱すれば氷嚢《ひょうのう》や濡れタオルをこまめに替え、水分を取らせ、熱にうなされて母の名を呼ぶときは優しく手を握り、髪を撫でながら子守唄を歌ったりした。

微熱のときも安静を保てるように本を読み聞かせたり、横になったままできる言葉遊びをしたり、食の細い主がお菓子ならすこしは食欲も湧くかと、厨房《ちゅうぼう》を借りて焼き菓子を手作りしたり、着替えや清拭《せいしき》、入浴の手伝い、爪切りまでほかのメイドたちの手は借りずに自分でやった。

休息するのは主が眠っている間、椅子で短い仮眠を取るのみだったが、尽くす分だけ信頼を寄せてもらえるのが嬉しくて、疲労は微塵《みじん》も感じなかった。

主は一旦寝ついても、廊下の外れの振子時計の音などにも反応して起きてしまうことがあり、寝る前のホットミルクに角《つの》の粉末を混ぜて飲ませると、呼吸も楽になるようで細切れに起きずに寝てくれることが増えた。

深夜から三時まで、ダリウスは隣に宛がわれた個室で変身しながら、どうかこのまま朝まで眠ってくれますように、と毎晩ハラハラしながら三時間を過ごした。

またたく間にひと月近く経《た》ち、両親から許された期限も目前だったが、もうダリウスには主と離れるという選択肢は考えられないほど大切な存在になっていた。

最終週の夜、

「ヒューバートさん、もうすぐ約束のひと月になりますが、やっとフィンレー様がここまで落ち着いてこられたところなのに、いま抛《ほう》りだすなんて無責任なことはできません。当分帰れないと両親に手紙を書こうと思うんですが」

と執事に相談すると、やや目尻が垂《た》れた思慮深げな瞳に安堵と憂慮《ゆうりょ》が浮かんだ。

「もちろん、是非とも私も君に残ってもらいたいです。一応君の後任も探してみたのですが、君以上に心を込めてお仕えしてくれそうな人材は見つかりませんでした。旦那様も君の仕事ぶりを高く評価されていますし、なによりフィンレー様の懐《なつ》きようを見ると、もうほかの者ではご納得くださらないでしょう。……ですが、ご両親に手紙で一方的にお伝えするのは得策《とくさく》ではないかと。ライリーさんはともかく、アデルさんは『話が違う』とご立腹《りっぷく》されて、こちらまで連れ戻しに来られるかもしれません」

「……たしかに……」

母ならやりかねない、と容易に激怒の形相が思い浮かんでダリウスが口ごもると、ヒューバートがすこし間をあけてから言った。

「……やはり、ここは約束どおり一度家に戻られ、ご両親に直談判《じかだんぱん》してご理解を得るのがよろしいかと。旦那様からも引き続き雇用したいという旨《むね》の手紙を書いていただきますので、きちんと話し合いで合意を得てからまた戻ってきてくれませんか？」

「わかりました」

元々父は病状が落ち着くまで許すと言ってくれていたし、もう一度父を味方につけて、なんとか母からも期限の延長をもぎ取ってこなければ、とダリウスは決意を込めて頷く。

旦那様に一時帰省の了承を得てから主に伝えると、「えっ！」と大きく瞠《みは》った瞳に見る間に涙を浮かべてすがりつかれた。

「ダメ！　ダリウスはどこにも行っちゃいけないの！　ずっとここにいて！」

二度と会えない今生《こんじょう》の別れのような悲痛な声でわめかれ、「違うんですよ、すぐ戻りますから」と何度言っても泣き止《や》んでくれず、しまいにはひきつけそうになるほど号泣《ごうきゅう》されてしまう。

そばで「フィンレー様、ほんの数日だけですから、私たちと一緒にお待ちいたしましょう」とヒューバートも懸命に宥《なだ》めてくれたが、主は顔を真っ赤にして大泣きしながらダリウスの右脚に両脚を絡めて小猿《こざる》のように腰にしがみつき、ダリウスの帰省を断固として阻《はば》んだ。

日頃あまり我儘を言ったり強情《ごうじょう》を張ったりしない大人びた主の初めて見る大号泣に、そこまで慕《した》ってくれているのか、とひそかにじぃんと喜びに打ち震えつつ、ダリウスは腰にすがりつく主の両肩を抱いて身を屈める。

「フィンレー様、私はフィンレー様のおそばにこのさきもずっといられるように、両親にお願いをしに行くだけなのです。私は田舎の出で、私がこちらで暮らすことを両親はとても心配しているので、この通り元気に働いているとひと目顔を見せれば安心すると思うのです。本当にすぐに帰ってきますから、どうか泣き止んで、いい子で待っていてくださいませんか?」

やわらかな髪を優しく撫でながら言うと、涙でびしょびしょの顔を上げ、主はしゃくりあげながら首を振った。

「イヤ! 待てない。僕もいっしょに行く。僕がダリウスのおとうさまとおかあさまにおねがいする」

「えっ!?」

ぎょっと目を剝き、ダリウスはサッとヒューバートに視線を向ける。

ヒューバートも顔を引き攣《つ》らせてかすかに横に首を振る。

アールスフィールドには人間を故意に近づけてはいけないという暗黙のルールがある。

道に迷って入り込んでしまった人間に一夜の宿を提供したり、人里まで送ったりすることはあるが、いくら七歳の子供でも、人間の子をわざわざ連れていくのはさすがにまずい。

「フィンレー様、私の村はとても遠くて、車と汽車と歩きで半日もかかるのです。長い移動はフィンレー様のお身体に障《さわ》りますから、お連れするわけにはまいりません」

距離や健康上の理由を挙げて同行を止めると、主はまたぶわっと涙を溢れさせる。

「とおくてもへいきだから！　ダリウスとはなれるほうがぐあいがわるくなるの！」

うわーん、と普段の聞き分けのよさをかなぐり捨てて、脚や腰に手足をさらにきつく巻きつかせ、絶対に置いて行かせまいとする仕草に、可愛さと不憫《ふびん》さと嬉しさと困惑が入り混じる。

これ以上泣かせると本当に発作を誘発しそうで、ヒューバートは苦渋の選択で、もし旦那様のお許しが出れば、日帰りか一泊二日だけこっそりお連れすることにしようとダリウスに言った。

カイルは息子の直訴《じきそ》に根負けし、

「済まないね、コブつきの帰省にさせてしまって。ダメだと言ったんだが、どうしても行く、ダリウスがいないと発作がおさまらなくて死ぬと脅かすものだから」

と苦笑しながら詫《わ》びられた。

「いえ、決してそのようなことは。こちらこそ、不便な田舎にお連れするのは恐縮なのですが、充分気をつけますのでご案じなさらず」

当主の部屋から戻り、主を寝かしつけてから、自室で一泊分の主の着替えや薬、道中のおやつや絵本などを鞄に詰めていると、ヒューバートが両親宛ての手紙を持参して訪れた。

「ダリウスくん、旦那様からのお手紙と、私からももう一通、君のおかげでフィンレー様がどれほどよくなられたか、今後も君がいかに必要かを綴《つづ》っておきましたので、こちらもご両親にお渡しください。……それともうひとつ、もし村に君のように優秀で、街に出てみたいと本気で思っている半獣の女性をご存じなら、帰省の際、お声を掛けてみていただけませんか？」

「えっ、それはどういう……？」

まさか自分が両親の説得に失敗して戻れなくなった場合に備えて、別の世話係を探せということなんだろうか、とダリウスがサッと青ざめると、ヒューバートが察したように首を振った。

「いいえ、君の代わりではなく、君をサポートする仲間を増やしたいのです。このひと月は幸運にも深夜の変身をフィンレー様に見られずに済みましたが、今後も幸運が続くとは限りません。君もいまのままでは獣型の間も身体を休められないのでは。もし半獣の女性に来ていただければ、深夜の変身中、フィンレー様になにかあっても対応してもらえますし、なにかと助け合えると思うのです」

「なるほど……」

たしかに、女性の仲間がいれば好都合なことは多い。

もうすぐ角の粉末がなくなるし、新たに削りたくても、同じ男性のヒューバートではアライグマの姿だと、いくら手先が器用でも堅い一角獣の角を削るのは難しいかもしれない。

角の薬効でひどい発作が抑えられて、気力体力が増しているようだから、今後も定期的に飲んでもらいたいし、秘密を共有できて頼りになる女性がそばにいてくれたら心強い。

　条件に当てはまる知り合いがひとり思い浮かび、ダリウスは目を上げた。

「幼馴染のリーズという子に明日会って話をしてみます。僕より三つ年上で、昼間は白い猫に変わるんですが、僕と同じくらい街に憧れていたので、誘えば来てくれるかもしれません。……でも、表向きの仕事はどうすれば……、昼間の三時間隠れなきゃいけないから、メイドや厨房係みたいな一緒に働く人が多い仕事は難しいですよね……」

　主の世話係は自分がいるからふたりもいらないし、庭師や運転手は技術がいるから無理だし、ほかに途中で抜けても目立たない部署は……、と考えこんでいると、ヒューバートが言った。

「それならフィンレー様の家庭教師という名目が適当かと。ここ二ヵ月ほとんど登校できていませんし、以前から欠席しがちでしたので、遅れを取り戻すために必要だと言えば旦那様も反対なさらないでしょう。正午から三時間は、フィンレー様がご登校されれば問題なく隠れていられますし、お休みの日は、フィンレー様にはご昼食のあと午睡《ごすい》をたっぷりとっていただいて、おやつの時間からリーズさんに戻っていただくようにすれば、不自然に思われずに誤魔化《ごまか》せるでしょう」

　たしかに、と頷きつつ、でも勉強なら自分が教えてあげられるのに、となぜか主に仕える者が増えるのが面白くないような気分になる。

　いや、女性の協力者は必要だし、そんな了見《りょうけん》の狭いことを言っている場合ではない。

二十歳のリーズと七歳のフィンレー様の間になにか間違いが起きるわけがないし、と思い直し、翌日ダリウスは主を連れて故郷に向かった。

駅まではお抱え運転手に連れていってもらい、そこから先はダリウスが主を無事に汽車に乗せなくてはならなかった。

本当は初めて汽車に乗る主とたいして変わらないくらい不慣れなことを気取《けど》られないように、執事に教わったとおりに切符を買い、一等のコンパートメントまでなんとかお連れする。

主は黒い襟《えり》のついた千鳥格子《ちどりごうし》の上着と半ズボン、後ろに黒のリボンが垂《た》れるキャノチエをかぶったお出かけ着でちょこんと窓際に座り、床に爪先《つまさき》が届かない編み上げ靴の両足を交互に揺らしながら、窓の外を機嫌よく眺めていた。

窓を開けなくても空気中に漂う煤《すす》や埃《ほこり》で咳《せき》が出ないか、乗り物酔いは大丈夫かなど心配しながら見守っているうちに下車駅に着く。

田舎町の外れにある故郷の村との境界になっている鬱蒼《うっそう》とした森に向かって主と手を繋いで歩く。

森の入口には街からアールスフィールドに届く郵便物を局止めで預かる郵便局がある。

局員はハクトウワシに変身するジョシュアで、夜間に荷物を配送する役目と、何も知らない人間がキノコ狩りなどで森に近づきそうになったら、「あまり奥まで行くと迷って戻って来られなくなるから、そこら辺までにしといたほうがいいですよ」と引き留める番人の役目も担《にな》っている。

昨夜は届け物が多かったのか、窓口でうたたねしているジョシュアから主を隠すように急いで通り過ぎる。

村に行くには、森の途中から道を外れて、人間が簡単に村に近づけないようにわかりにくく入り組んだ獣道を通らなくてはならない。

ダリウスは隣を歩いている主と目の高さを合わせるようにしゃがむ。

「フィンレー様、私の村までまだかなりあるので、すこし近道をしようと思うのですが、草がぼうぼうでとても歩きにくい道なのです。汽車に揺られてお疲れでしょうし、私がフィンレー様を抱いて村までお連れしても構いませんか？」

いまから急げば二時半には家につけるから、変身中の母に口を挟まれないうちに父を先に説得できるし、獣道の草木で主の脚に傷がついたら困る、と思いながら提案する。

すこしためらうような間をあけてから、主は小さな声で言った。

「……でも、まだ息がくるしくないのに抱っこしてもらうと、ダリウスのおとうさまたちに見られたら、赤ちゃんみたいだと思われないかな……」

主の可愛い心配に笑みを誘われ、

「大丈夫ですよ。ご自分で歩かれたら本当に息が苦しくなってしまうでしょうし、家の近くまで行ったら下りていただけば問題ありません」

そう言って主を抱き上げ、下草の密生《みっせい》した木々の間を急ぎ足で進む。

きゅっと小さな両腕で首にしがみつかれると、えも言われぬ幸福感を覚え、やっぱり置いてこなくてよかった、としみじみ思う。

村のルールに背くことに気は咎《とが》めるが、一日でも離れたら、自分のほうが心配でたまらなくておちおち話し合いもしていられなかった気がする、と思いながら、腕の中の大切なぬくもりをぎゅっと抱き直す。

小一時間歩いているうちに、主は揺れ心地に眠気を誘われたのか、右肩に顔を埋《う》めて寝息をたてはじめた。

帽子が落ちないように顎先で押さえ、息がしやすいように抱え直しながら歩を速める。

ようやく森を抜け、一見普通の田舎の農村にしか見えないアールスフィールドに辿りつく。

あまり村をきょろきょろ観察されると、昼間は男と動物しかいないことを疑問に思われても困るので、眠っているうちに急いで家に連れていってしまおう、と村の中心部を避けて丘を周って自宅に向かう。

畑で農作業をしている男性や変身した女性たちが人間の気配を察知して緊張するのが伝わり、ダリウスは焦《あせ》って会釈しながら、（すみません、不可抗力《ふかこうりょく》で人間の子を連れてきてしまいましたが、いまは寝ているし、子供だからすぐ忘れるだろうし、家から出さずに明朝一番に帰りますので）と目と気配で言い訳する。

半獣ではない普通の牛を飼っているホーク家の牧場の脇を通ったとき、柵《さく》の上を歩いていた白猫姿のリーズを見かけ、ダリウスは主を起こさないように気遣いながら駆け寄った。

ニャア、と挨拶《あいさつ》するリーズに会釈して、ダリウスは声を潜《ひそ》めた。

「リーズ、大事な話があるから、あとでうちに来てくれないか。この子のことで頼みたいことがあるんだ」

本の虫で聡《さと》いリーズには人間界へのスカウトの話だとすぐにピンと来たらしく、琥珀色《こはくいろ》の瞳を興味深そうに煌《きら》めかせて主を見つめ、「ニャ」と返事をして自宅のほうに歩いていった。

レーン家の両隣にある両親の仕事場のうち、先に父のいる印刷所に顔を出すと、輪転機の音で主が起きてしまい、ここはどこだという表情であたりを見回す。

突然人間の子を連れてきた息子に驚いているライリーに気づくと、主はハッとして、「ダリウス、下ろして。赤ちゃんと思われちゃう」と焦った声を出した。

床に下ろすと、主はおもむろに帽子を取り、改まった顔つきで父を見上げた。

「はじめまして、ダリウスのおとうさまですか？　僕はフィンレー・ブランベリーともうします。今日はダリウスにずっと僕のそばにいてもらえるように、おとうさまたちにおねがいにあがりました」

「……はぁ」

昨夜頑是《がんぜ》なく号泣したようにはとても見えないリトルジェントルぶりに、父も意表を突かれたらしく返答に詰まっている。

ダリウスは急いで父親に駆け寄り、小声で懇願《こんがん》した。

「父さん、ごめん、いきなりフィンレー様をお連れして。一ヵ月の約束だったけど、やっぱりまだ帰れない。フィンレー様がもっと健康になるまで、ちゃんとお世話したいんだ。向こうの暮らしで父さんたちが心配するようなことはなにもないから、もっと長く行かせてほしい。それで、一緒に母さんを説得してほしいんだ」

「……」

父ならきっと自分の本気をわかってくれるはず、と目に力を込めて見つめると、主も父に深々と頭を下げながら言った。

「ダリウスのおとうさま、どうか僕のおねがいをきいてください。ダリウスは、僕のおかあさまが天国に行ってしまって、悲しくてしんじゃいそうだったときに僕のいえにきてくれて、おかあさまとおなじくらいやさしくしてくれました。僕はダリウスがだいすきで、ほかのせわがかりはいらないし、もしダリウスがやめてしまったら、僕、さみしくてしんじゃうかもしれません」

だいすきで、ほかはいらないと言ってくれた言葉にダリウスは胸を熱くする。

主の潤んだ瞳の訴えを困惑顔で見おろしていた父は、しばしの間のあと、諦念《ていねん》交じりの苦笑を漏らした。

「……坊ちゃんが『しんじゃう』のは困るので、わかったというしかないようですね」

味方になってくれた父と三人で母の説得に向かうと、なにを馬鹿なことを、と目を吊り上げた母が主の異変に気づいた。

昨夜からの神経の昂《たかぶ》りや汽車旅の疲れや見知らぬ場所や人と会う緊張感からか、主は知恵熱のような発熱をしており、いち早く気づいた母がすぐにベッドに運んで手当てをしてくれた。

熱で頬を紅潮させた主が、

「ありがとう、ダリウスのおかあさま。ちょっとこわいかと思ったけど、やっぱりダリウスみたいにやさしいですね」

と感謝の笑顔を向け、その愛らしさに母も抗《あらが》いきれずに陥落《かんらく》した。

夕方人型に戻ったリーズが訪れ、庭先で家庭教師の件を説明し、ヒューバートから預かった面接用の汽車賃や支度金を渡すと、

「……嘘、行きたい……！　私に声をかけてくれて嬉しいわ。昼間見たあの子、本当に天使みたいに可愛かったし、私は猫だから親もアデルさんみたいには反対しないと思うの。明日の朝一緒に行くのは無理かもしれないけど、絶対説得して近いうちに行くわね！」

と栗色の長い髪を揺らして家に駆け戻っていった。

好感触にほっとしながら家の中に戻ると、両親が初孫でもできたかのようなメロメロぶりで、争うように擂《す》りおろしリンゴを食べさせたり、ジュースやスープを匙《さじ》で飲ませたりしていた。

自分の役目を取らないでほしかったし、はっきり言ってありがた迷惑で、あれこれ飲まされてしまった主は角の粉入りのホットミルクを満腹で飲めず、そのまま寝てしまった。

まだ微熱があるし、お屋敷と枕が違うから、角の粉を飲まないと夜中に起きてしまうかも、と案じて、もし自分が変身している間に発作が起きたら母に対応してくれるように頼んだ。

が、折悪《おりあ》しく、その晩フクロウに変身する妻のマーゴが産気づいたとハシビロコウに変わる夫のハンクが母を呼びに来た。

「ダリウス、こっちのほうが緊急だから行って来るわ。終わったらすぐ戻るから」

母は診療鞄を持って分娩《ぶんべん》の介助《かいじょ》に行ってしまい、ダリウスは時計と眠る主を交互に見ながら母の帰宅を待った。

あと半周秒針が回れば一角獣に変わる時間になっても母は戻らず、ダリウスは仕方なく部屋を出て服を脱ぐ。

廊下で変身し、角の先でドアを開けて外に出ると、なるべく蹄《ひづめ》の音を立てないように静かに自室の窓のそばに向かう。

暗闇を怖がる主のために灯《とも》したランプの光で、眠っている主の顔がよく見えた。

このまま母が戻るまで発作を起こさずに寝てくれますように、と祈りながら窓越しに見守る。

寝顔も天使のようで、うっとり見つめていると、ブルルと思いのほか大きな音で鼻息が漏れてしまい、音に敏感な主に聞こえたらマズい、と慌てふためく。

こんなにフィンレー様が可愛くて愛《いと》しくてならないなんて、異常だろうか、と自問して、いや、両親もリーズもひと目で魅了されていたから、自分だけが特別おかしいわけじゃない、と自答する。

両親の許可ももらえたし、これからもできうる限りの力でフィンレー様に尽くして、元気に成長する姿を見たい、と思っていたとき、主がケホッと小さく咳《せき》をして、ぼんやり目を開けるのが見えた。

ダリウスはハッと息を飲み、見つからないように身を低くしようとした。

が、主がゴホゴホッと続けて咳き込んで、うっすら喘鳴《ぜんめい》も聞こえだし、早く薬を飲ませて背中を摩《さす》ってあげたいのに、母さんもいないし、自分もこんなだし……！　と心配で隠れられずに様子を窺っていると、楽な姿勢になろうとこちらに寝返りを打った主と目が合った。

しまった、とダリウスは凍り付く。

悲鳴を上げて怯《おび》えられて、もっと呼吸苦になったらマズい、とジリッと後ずさろうとすると、主はパチパチと瞬《まばた》きし、むくっと身を起こした。

怖がる様子もなく窓を開け、

「……ねえ、きみ、すごくまっしろできれいだね。どうしてここにいるの？　ダリウスのうちの馬なの……？」

とベッドに膝立ちになり、窓の桟《さん》に両肘《ひじ》を乗せて普通に話しかけられてしまう。

早く身を隠さなくては、と思いつつ、でも夜風に当たるのはよくないから窓を閉めて寝かせないと、などと葛藤《かっとう》して逃げそびれる。

「……ねえ、きみのここの棒、なぁに？」

自分の額をちょんと指差し、小首を傾《かし》げて問われ、ダリウスは寄り目にして己の角を見やる。

これはあなたの大事なお薬で、今日は飲まずに寝てしまったから咳で起きちゃったんですよ、と思っていると、興味津々《しんしん》に片手を伸ばされる。

「これ、さわっちゃダメ？　……さわられたらきみがいたいならやめるけど」

その言葉に、きっといままで治療で痛い思いを何度もしてきたんだろうな、と不憫になり、駄目とは言えなくなる。

くい、と頭を下げて触りやすいように近づけると、主はぱぁっと嬉しそうに笑い、遠慮がちに尖端をつつき、痛がらないとわかるときゅっと握ってさわさわと擦《こす》ってくる。

「わぁ、すごくかたいね。うずまきみたいなもようがある」

ねじりあがるように角が伸びるときに自然にできる凹凸《おうとつ》を小さな指で辿《たど》られ、くすぐったさと、なにやらあらぬ場所に触れられたような妙な気持ちよさまで感じてしまい、ダリウスは焦《あせ》って顔を背《そむ》けて数歩下がる。

動揺しながら主の手の届かない場所まで離れると、

「……いたかったの？　ごめんね、もうしないから」

と純真な瞳で済まなそうに謝られ、いや、そうじゃないんです、母に握られてもなんともないのに、自分がなにかおかしいんです、と心の中で慌てて弁解する。

ダリウスはすこし迷ってから、角には触れられないように顔を横に向けたまま、もう一度近づいて、鬣《たてがみ》をパサッと振ってアピールしてみる。

「……ここならさわってもいいの？」

主はまた小さな手を伸ばしてそっと首筋に触れ、鬣にも指を這わせて優しく何度も撫でてくれた。

「……すごくすべすべでさらさらだね。僕、ハービー先生から咳が出るからいぬとかねことかなにも飼っちゃいけないっていわれてるんだけど、きみならだいじょうぶかも。いまぜんぜん苦しくないから。ねえ、僕のいえの子になる？」

もみじのような手で撫でられるのが心地よくてうっとりしてしまい、つい「はい」と頷きそうになる。が、本当に飼えるのかと期待させて裏切るのも不憫なので、ただ片目で見つめるだけにとどめる。

「やっぱりもう飼い主がいるのかな。……まあいいか、僕にはダリウスがいるから」

鬣を撫でながら微笑まれ、ドキッと鼓動が大きく揺れる。

主は本人に話しているとも知らず、

「ダリウスはね、僕のおせわがかりなんだよ。すごくかっこよくてやさしいんだ。僕が目をさますといつもそばにいてくれてね、……あれ？　いまはいないな」

後ろを振り返って自分を探され、どうしよう、と心臓が口から飛び出しそうになる。

ここにいますよ、とも言えず、ブルルとうろたえて鼻息を漏らすと、主はまたこちらを向いてにこやかに続けた。

「もしかしたら、おとうさまやおかあさまのへやで寝てるのかもね。あとね、ダリウスはお菓子をつくるのもじょうずなんだよ。ブラウニーとかね、ブレッドアンドバタープディングとかつくってくれてね、すごくおいしかったの。ダリウスのホットミルクもおいしいんだけど、前におかあさまがつくってくれたのとちょっと味がちがうんだ」

「……っ」

やっぱり微量でも異物の味がするのかも、と内心青ざめる。

そのうちなにか変なものが入っていると気づかれたらマズい、と動揺していると、主が鬣を撫でていた手を止めて、ポツリと呟いた。

「……僕がダリウスとたのしくわらってると、天国でおかあさまはさみしくなっちゃうかなぁ……」

その呟きにダリウスは横に向けていた顔を戻し、翳《かげ》ってしまった主の瞳を見つめて首を振った。

そんなことはありませんよ、お母上はフィンレー様がご自分を恋しがって泣き暮らしているほうがお辛《つら》いはずです、と目で伝える。

主はじっとダリウスの目を見つめ、

「……ほんと？　おかあさまは僕が『おかあさまにあいたい』って泣いてないときも、ずっとあいたくて、ずっとだいすきだって、ちゃんとわかってくれるとおもう……？」

もちろんです、と頷くと、主はほっとしたように微笑んだ。

いい子だな、こんなに可愛い子を残して逝《い》かなければならなかったなんて、どれほど心残りだったろう、と写真でしか見たことがない奥方に思いを馳《は》せる。

せめて奥方様の代わりに、もう一度頭を下げて角を近づけ、主の髪や頬を尖端の側面を使って優しく撫でる。

しばらく静かに角を動かして撫でていると、徐々に主の瞼《まぶた》がとろんと閉じてくる。

ちゃんとベッドに横になって寝てほしくて、力加減に気をつけながらツンと角で肩を押すと、ころんと転がってそのまま眠りはじめる。

やっと寝てくれた、と安堵の鼻息を漏らし、ダリウスはそっと角で窓を閉める。

半獣の掟《おきて》では、獣型を人間に見られそうになったら即逃げるのが鉄則なのに、こんなにしっかり話までしてしまって、明日フィンレー様にこの件について問われたら、どうやって誤魔化《ごまか》すべきか……。

とりあえず、自分が変身した姿だと気づくはずはないから、夢を見たのだということで押し切るしかない。

三時になり人の姿に戻ると、ダリウスは蹄の足跡を消してから家の中に入り、眠る主に布団を掛け直し、椅子に掛けて朝まで仮眠を取った。

翌朝目覚めるなり、主は角のある馬がいたと興奮して報告してくれたが、

「それはたぶん夢をご覧になったのでしょう。そんな生き物はいませんので」

と心苦しく思いながら言いくるめた。

朝食のあと、両親に村の仲間に人間の子を連れて帰省したことへの釈明とお詫《わ》びをしてくれるように頼み、いろんな感謝を込めて初任給をすべて渡し、ダリウスは主を連れて早々に村を発《た》った。

帰宅後、やはり主は「夢」という説に納得していなかったらしく、父親や執事に「ねえ、僕、ダリウスの家で夜中に角のあるきれいな馬を見たんだよ！」と主張していたが、「へえ、それは素敵な夢を見たんだね」と父親には本心から、「楽しい夢でようございました」と執事には引き攣り笑顔で告げられ、口を尖らせて不満気な顔をしていた。が、みんながそう言うならそうなのかも、と思ったのか、それ以降は言い出さなくなった。

数日後に親の許可を得たリーズがブランベリー邸にやってきて、家庭教師の職に就いた。

それからダリウスとリーズとヒューバートの半獣仲間は結束して主の看病と教育とお世話に当たった。

ダリウスは学校への送迎ができるように車の運転を習得し、深夜の変身中に主の具合が悪くなったときのために、自分の部屋からリーズの部屋の天井伝いに合図できる仕掛けを作り、紐《ひも》を引くと鈴が鳴り、夜中でも駆けつけてもらえるようにした。

主は時々風邪をこじらせて寝込んだりすることはあるが、出会った頃に比べたら見違えるように健康体に近づいていた。

自分の角の薬効も主の健康に貢献している、と誇《ほこ》らしく思いながら、定期的に夜中にリーズに削ってもらい、ゴリゴリと粉末にして粉砂糖を混ぜて飲みやすく改良したり、体重から適量を計算して調整したり、主のために日々努力した。

主は自分を兄のように、リーズを姉のように慕ってくれたが、当主はいつの頃からか、リーズを「息子の家庭教師」以上の存在に思いはじめ、花を贈りだした。リーズもそれまで少女らしいヘアバンドをしたおろし髪だったのが、その頃から高く結い上げて後《おく》れ毛《げ》をカールさせた大人っぽい髪型に変えた。

ふたりの間に恋が芽生《めば》えていることに気づいたヒューバートがリーズを諫《いさ》めたが、ふたりが本気で惹かれあっているのが半獣の勘でわかり、ダリウスには応援も反対もできかねた。

プロポーズを受けたいと相談されたときはさすがに青ざめ、「そんなの無理に決まってるじゃないか。毎日猫になるのにどうする気だよ」と問い質《ただ》すと、「貧血気味で毎日三時間昼寝しないと動けないけど、あなたの妻になりたいって言ったら、そんなこと全然構わないと言ってくれたの」と頬を染め、「なんとか隠し通してみせるわ。もしバレたとしても、猫になる君でもいいと言ってもらえるように頑張るつもりよ」と半獣の掟をものともせずにリーズは恋を貫《つらぬ》くことを選んだ。

本当に隠しおおせるんだろうか、と慄《おのの》きつつ、仲間として庇《かば》えることは庇おうとダリウスは決めた。

主は父の再婚の話を聞き、亡くなった母上とリーズがまるでタイプが違うせいか、特に異議は唱《とな》えず、「リーズを『お母様』って呼ぶのは、照れくさいからちょっと時間かかるかも」と恥じらいながらも喜んでいた。

当主のご友人数名と使用人だけのこぢんまりしたガーデンウェディングに参加しながら、種族の差も身分差も年齢差も越えて恋を実らせたリーズを見ていたら、純粋に祝福する気持ちのほかに、むくむくと湧き上がる強い羨望《せんぼう》を覚えた。

なにに対して羨みを感じるのか自分の胸に問い、自分も心の奥底で種族の差も身分差も年齢差も越えてフィンレー様と結ばれたいと願っていることに気づいてハッとした。

主を愛しく思う気持ちは、父性的な庇護欲《ひごよく》や使用人としての情愛だと信じて疑わなかったが、いま思うと、初めて会ったときから可愛くてならず、離れがたかったのは、ひと目で恋に落ちたからだとやっと自覚する。

……でも、半獣の身で主にそんな想いを抱いてはいけない。この気持ちが恋だとしても、リーズと旦那様のように、自分がフィンレー様と結ばれることはありえない。

もし半獣という制約がなくても、雇い主のご子息が、十歳も年上の男の使用人の想いに応《こた》えてくれるわけがない。

ダリウスは鋭く走った胸の痛みを堪《こら》え、前方で父親とリーズの間で笑っている主を見つめる。

……リーズが無謀《むぼう》な掟破りなだけで、元々半獣は人間と結ばれてはならないのだし、この想いが報《むく》われなくても、お気に入りの世話係として懐いてもらえるだけで充分幸せだと思わなくては。

最初は一ヵ月だった期限を何年も延ばしてもらえて、美しく愛らしく成長する姿を一番近くで目にすることができて、自分の身体の一部を血肉にしてもらえて、これ以上の所有欲を抱くのは強欲というものだ。

このさき世話係が必要なくなる日が来るまで、この気持ちは封印して職務に徹しよう。

主が健《すこ》やかに大人になるのを見守ることも、自分にとっては大事なことだから、と自分に言い聞かせ、忠実に仕事に打ち込んだ。

しばらくして、例によってリーズに角の削りだしを頼むと、いつもなら一時頃までには来てくれるのに、その日はいくら待てどもリーズが現れなかった。

もうすぐ三時になってしまう、とイライラと前脚で床を叩き、もしかして忘れてぐっすり寝入ってるのかもしれない、と当たりをつける。わざわざ起こすのは忍びないが、今日削ってもらわないと明日の分から足りないし……、としばし迷い、ダリウスは意を決して服とナイフを口で噛み、窓から外へ出てリーズの寝室に走った。

誰かに見られたら大ごとだが、主の身体のためなので、庭から階段を三段上がってテラスデッキに入り、カーテンで覆《おお》われて中が見えないガラス扉を角でコンと軽く叩いてみる。

旦那様が先に起きたりしませんように、と念じながら待ち、反応のない十数秒が何分にも感じられたとき、中からカーテンが小さく動いた。

月明かりに光る琥珀色の瞳はリーズのもので、（早く出て来てくれ！）と目で訴える。

リーズは寝乱れた髪とガウン姿で慌ててガラス扉の鍵を開ける。開くときにキィッと軋《きし》んだ音が鳴り、ふたりで声にならない悲鳴を上げる。

そのとき、カーテンの向こうからボーンボーンボーンと三回時計の音が聞こえ、ダリウスは視線の位置が上昇するのを感じた。

角を削ってもらう前に人の姿に戻ってしまい、ダリウスが呆然としていると、リーズが「早く服着て！　いや、ここじゃマズいわ、隠れましょう！」と声を潜めてテラスデッキに落ちた服やナイフを拾い上げ、全裸のダリウスの腕を取って庭に駆け出す。

「どうして来てくれなかったんだよ！　寝ちゃったの？　ずっと待ってたのに……！」

「ごめんね、許して。……今夜、カイルがすごく情熱的で、全然離してくれなくて、さっきやっと……」

「そういう生々しい話聞かせてくれなくていいから！　明日から飲ませる分がないのに、困るよ！」

「しょうがないじゃない、明日の夜はなんとしても行くわよ！　大体、こんなにちまちま削るんじゃなくて、ボキッと全部折っちゃえば一回で済むのに！」

「ひどいこと言うなよ！　ちょっとずつ削るのだって痛いんだよ、生えてるんだから！」

小声で喧嘩しながら庭の木立ちに隠れて服を着て、明日の晩は必ず来てもらうよう念を押して互いに部屋に戻る。

その翌朝、主の部屋に起こしに行くと、よく眠れなかったのか赤い目をしており、どこか戸惑うような、物言いたげな様子だった。

「どうかいたしましたか？」

と優しく問うと、

「……え。……ううん、なんでもない……」

と口ごもられた。

なんでもなくはなさそうなんだが、もしかしてどこか口にしにくい場所に違和感でもあるんだろうか、と深く追及していいのかまずいのか迷いながら車で学校に送り、終業時間にお迎えに行くと、主の様子は朝よりもさらに不可解なものに変わっていた。

いつもは車に乗った途端、笑顔で友達のことや授業の話をしてくれるのに、その日は虚《うつ》ろな表情で窓の外を無言で眺めており、発する気配も怒気《どき》や悲しみや虚しさなど負の感情が複雑に混じり合ったものだった。

「……あの、フィンレー様、なにか学校でご不快なことがあったのですか……？」

もし誰かに苛《いじ》められでもしたのなら、絶対仇《かたき》を取ってやらねば、と決意しながら問うと、主はこちらを振り向きもせず、

「……別になにもない」

と初めて聞くような投げやりな声で答えた。

一体どうしたんだろう、とダリウスは運転しながら当惑する。

半獣の勘で、なぜか主の怒りが自分に向けられているように感じるが、まったく心当たりがない。

「……フィンレー様、私がなにかお気に障るようなことをいたしましたか……？」

もしなんらかの理由で怒っているとしても、きっと誤解で、話せば誤解も解けるはず、とうろたえながら確かめると、チラッとこちらを一瞥《いちべつ》し、

「……身に覚えがないなら、聞く必要ないだろ」

とそれまで耳にしたことのない口調で、取り付く島もない返事をされた。

……どういう意味なんだ、身に覚えなんてまったくないのに、主はあると思っているようだ、と内心恐慌を来《きた》す。

それから家に着くまで何度か遠慮がちに訊ねてみたが、主は頑《かたく》なな表情ですげない返事をするのみだった。

帰宅後、出迎えたリーズにも主は笑顔を見せず、その晩、半獣の三人は主になにがあったのか、どう対処すべきか相談するために執事室に集った。

「……どうやら私になにかご不満があるようなのですが、お訊ねしても答えてくださらないのです」

ダリウスが頭を抱えて沈痛な声を出すと、

「いい加減過保護すぎるのが鬱陶《うっとう》しくなったんだと思うわ、今更だけど」

とリーズが断定的に言う。

「自分だって人のこと言えないくらい構いまくってるだろ！　それにリーズだって素《そ》っ気《け》なくされてたじゃないか！」

大人げなく睨みあってから、ダリウスはヒューバートを縋《すが》るように見た。

「……昨日まではあんなに懐いてくださっていたのに、なぜ急にあんな風になってしまわれたのか、さっぱりわかりません。……ただ、怒りや非難だけじゃなく、以前からの好意もまだ感じられるんです。だから、本気で疎《うと》まれてしまったわけではないと思うのですが」

半獣の勘がなければ、態度や言葉だけでは完全に嫌われたと思うしかないようなつれなさを思い出して項垂《うなだ》れると、ヒューバートが思慮深げに顎を弄《いじ》りながら言った。

「……私見《しけん》ですが、これは人間の子供に見られる『反抗期』ではないかと。フィンレー様も十二歳ですし、幼少時から一度もなかった反抗期に遅ればせながら突入し、本心ではお気に入りのおふたりに、思春期のイライラをぶつけて甘えているのかもしれません。成長の一過程として、どんな態度を取られても取り乱さず、こちらは変わらぬ愛情をもって接すれば、元々素直なご気性ですし、そのうちおさまるでしょう」

「……なるほど、反抗期でしたか……」

ダリウスはすこし胸のつかえが取れたような心持ちになる。

思春期をこじらせて理由なくツンツンしているだけなら、これまでどおり心を込めてお仕えしていれば、いずれ元のような天使の笑顔を向けてくれるはず、と気を取り直す。

想いを寄せる主から邪険《じゃけん》にされるのは初めての経験で、心が折れそうだったが、そういう年頃なら仕方がないし、案外すぐに可愛いフィンレー様に戻ってくれるかもしれない。

そんなダリウスの期待に反し、フィンレーの反抗期はその後も長引き、十七歳になった現在も進行形で続いているのだった。

＊＊＊＊＊

「憂《うれ》い顔も麗《うるわ》しいけど、僕としてはもうちょっと笑顔が欲しいな。フィン、こっち向いて笑ってみて」

スケッチブックに鉛筆を走らせるエリアルから表情のリクエストをされ、

「無理。そんな気分じゃない」

とフィンは陰鬱《いんうつ》な声を出す。

今日の放課後、迎えに来たダリウスに、

「いまからエリアルの家に行くから、帰ってくれ。帰りは送ってくれるそうだから」

と目も合わせずに言い捨て、エリアルの送迎車に乗った。

わざわざ来させておいて追い返すなんて、我ながらなんて感じの悪いことを、と悔やみつつ、いや、メイドに色目を使われて喜んでるあいつが悪い、とフィンは指定された窓辺で片膝を立てたポーズのまま親指を噛む。

今朝、通学前に車を拭《ふ》いていたダリウスに、最近新しく入ったメイドのジューンが手作りクッキーをプレゼントしているところを見てしまった。

照れくさそうに礼を言って受け取るダリウスにも、婿探《むこさが》しが目的で勤めたのかというほど素早くダリウスに目をつけてコナをかけるメイドにも腹が立ち、学校へ向かう間じゅう、助手席に置かれたクッキーの袋を窓から捨てたくてたまらなかった。

なんでそんなもの受け取るんだ、手作りクッキーなら自分のほうが上手だから結構だと言って断れ、と言ってやりたかったが、妬《や》いていると気づかれたくなくて、クッキーを睨むことしかできなかった。

ジューンだけでなく、誰にでも親切なダリウスはほかの女性使用人たちにもモテており、なんだかんだと呼びとめられて、用を頼まれたり、プレゼントをもらったりしているところをよく見かける。

それでも特定の相手に決めないのは、リーズが本命だからなんだろうな……、と片膝を抱えて溜息を零《こぼ》すと、エリアルがデッサンの手を止め、片眉を上げながら言った。

「またあの世話係のこと考えてるだろ」

「……」

小学校からの親友には、はっきり打ち明けたわけではないのにフィンがダリウスを想っていることがバレており、「態度はひどいのに一途《いちず》だよね」とからかわれたり、「何年も不倫をやめない相手なんか、早く諦《あきら》めたら?」などとまっとうなアドバイスをされている。

諦めがつくものならとっくにしてる、と心の中で言い返し、フィンは白いカーテンが揺れる出窓の桟《さん》から下りて、エリアルの隣に掛ける。

エリアルには芸術的才能があり、対象を写実的に描くのも、空想の世界を描くのも上手だった。

「ちょっと見せて」

「まだ途中だよ」

「僕の絵はどうでもいいから、あの一角獣《いっかくじゅう》の絵がまた見たいんだ」

先日、エリアルにスケッチブックを見せてもらったとき、実物を観察して細部まで克明《こくめい》に描かれた蝶《ちょう》や鳥のデッサンの中に、額に長く尖《とが》る角《つの》の生えた一角獣の絵があり、フィンは驚いて思わず聞いてしまった。

「これも、本物を見て描いたの……？」

エリアルも見たことがあるのかと勢い込んで訊ねると、目を丸くして噴き出された。

「本物の一角獣をどこで見るっていうのさ。想像して描いただけだよ」

「……あ……、そうか……、そうだよね……」

七つの時に見た一角獣が本物だったのではないかといまだに思っているので、もしエリアルも見たことがあるなら、自分が見たのも夢じゃないと確信できると思ったが、やっぱりいないらしい。

改めて絵を見せてもらうと、エリアルが描いた一角獣は王者然として、鬣《たてがみ》がゴージャスにうねり、彫刻のような装飾的な模様がある角は馬身《ばしん》くらい長く伸び、昔自分が見た一角獣とは違った。

僕の見た一角獣も綺麗だったけど、もっと素朴《そぼく》な感じで、優しい目をしていた気がする。

そんなことを思い出しながら次のページをめくると、青い色鉛筆で着色《ちゃくしょく》されたルリツグミが空から下りてくる様子が経過を追って描いてあり、高層住宅のベランダに舞い下りて、次の絵では同じ場所に青い服を着た女性が描いてあった。

これはどういう絵なんだろう、鳥の飼い主がこの女の人なのかな、と思いながら眺めていると、エリアルが言った。

「それはね、前にほんとに見た光景なんだ。昔、父親の密会のアリバイ工作に僕もいっしょにホテルに連れていかれて、父たちが部屋で過ごす間、僕はひとりでレストランで食事させられてたんだけど、窓から外を見てたら、青い鳥が飛んでて、目で追ってたら、向かいのホテルのベランダに下りて、女性に変わったんだ。……まあ、遠目だし、最初から蹲《うずくま》ってなにかやってた女性が立ち上がっただけだと思うけど、鳥に変身する娘っていうほうが絵的にロマンチックだと思って」

「……へえ、たしかにロマンチックだね」

たぶんエリアルのいうとおり、たまたまそこにいた人がタイミングよく立ちあがってそう見えたのだろうが、自分ももし鳥に変身して大空を飛べたら、このもやもやした気分もスカッとするかも、などと思いながら絵を見ていると、

「でもさ、人が動物に変わることなら、結構あるよね。優しそうな男が好きな相手の前じゃ狼になったり、ベッドで野獣になったり」

とエリアルが悪戯《いたずら》っぽく笑みを閃《ひらめ》かせた。

「……そういう話は好きじゃない」

フィンは潔癖な口調でプイと顔を背《そむ》ける。

もう十二歳の頃のようにエリアルにその類《たぐい》の話をされてもきょとんとするばかりではなく、一応ついていけるが、なにを聞いてもダリウスとリーズに当てはめて不愉快になる。

いまもリーズに野獣のように襲いかかるダリウスを思い浮かべた途端、息が苦しくなってくる。

フィンはダリウスに持たされているよく効く粉薬を飲み、エリアルの家の車で自宅に送ってもらった。

出迎えたダリウスは硬い表情でエリアルと運転手に御礼を言い、部屋に戻ってからフィンの胸の音を確かめ、ベッドに入れながら遠慮がちに苦言《くげん》を呈《てい》した。

「このところ体調が優《すぐ》れないことが多いのですから、寄り道などなさらず、まっすぐお帰りになるべきだったのでは。……それに、ご友人を悪く言いたくはありませんが、エリアル様はあまり模範的とは言い難《がた》いご家庭でお育ちで、親しくおつきあいなさることはフィンレー様にいい影響を及ぼすとは思えません。すこし距離を置かれたほうがよろしいかと」

おまえが人のことを模範的だのなんだのと言える身か、とフィンはダリウスに醒《さ》めた一瞥《いちべつ》を向ける。

「生まれや育ちで偏見を持つのは愚《おろ》かなことだとおまえが僕に教えたのに、矛盾もいいところだな。親の素行が悪いから友達にふさわしくないなんて、ただの世話係のくせにおこがましい差し出口をするな」

リーズとの関係以外はなんの欠点もない、公平で寛大で穏和なダリウスが、唯一エリアルとの親友づきあいには前から妙に神経を尖《とが》らせて余計なことを言うのが気に食わない。

育った家庭環境がよくないと言うなら、自分も継母《ままはは》と世話係が不倫しているような家庭環境で育っているし、気の合う親友を不当に貶《おとし》めるような言い草に納得がいかず、ついきつい口調になる。

本当は「ただの世話係」なんて思っていないのに勢いで冷たく吐き捨てると、ダリウスの目に傷心《しょうしん》の色が浮かび、罪悪感が込み上げる。

でもいまのは絶対筋の通らないことを言うダリウスが悪い、と心の中で言い訳しながら睨んでいると、また喉からひゅうひゅう喘鳴《ぜんめい》が聞こえだす。

「フィンレー様、吸入薬を」

「……う、うん……」

どんなに険悪《けんあく》な態度を取っていても、発作が起きれば必ずダリウスは手厚く看病してくれる。

いまはもう膝に乗せて抱いてさすってはくれないが、落ち着くまでずっと大きなあたたかい手で背中をさすってくれる。

……もしかしたら、自分はダリウスにこうしてほしくて、わざと発作を起こしているんだろうか、とフィンは苦しい息をしながらひそかに自問した。

＊＊＊＊＊

「お勉強中失礼いたします、フィンレー様」

「フィン、試験前でもないのに日曜の朝から勉強なんて熱心ね。出来のいい息子を持てて幸せだけど、ちょっと休憩してお茶にしない？　いまダリウスと一緒にブラウニーを作ったの。フィンの好物だから、心を込めて焼いたのよ」

日曜日の午前中、することもないので部屋で数学の問題を解いていたら、焼き立てのチョコレートの香りも香ばしいブラウニーとティーセットを乗せた盆を持ったダリウスとリーズが入ってきた。

「……」

どうしてこんなに微塵《みじん》も疚《やま》しさがないような態度を取れるのか、いっそあっぱれだと思いつつ、フィンはノートに目を戻す。

「……ありがとう。でもいらない。まだ朝に食べたものが胃に残ってておなかすいてないから」

いまは十一時半で、軽く小腹が減ってきたたし、ブラウニーは初めてダリウスが自分のために作ってくれた思い出のお菓子なので大好物だが、ふたりで仲良く焼いたものなんか死んでも食べたくなかった。

リーズとダリウスは「……そう」「……お邪魔をして失礼いたしました」と沈んだ声を出し、一緒にドアまで向かいかけたが、「フィン」とリーズだけそばまで戻ってきた。

意地でもノートから目を上げずにいると、

「……フィン、あのね、実は知り合いから、猫を預かってるの。三時にはお返ししなきゃいけないんだけど、とても綺麗な白い猫よ。もしよかったら、私が寝ている間、猫と遊んでやってくれないかしら……？」

と遠慮がちに言われた。

「えっ、猫がいるの？」

思わず顔を上げてリーズを振り仰《あお》ぐと、やっと目を合わせてくれた、というようにほっとした笑顔で頷かれる。

リーズは家庭教師としてきた当初から、貧血で昼間にしばらく寝だめしないと倒れてしまう体質とのことで、毎日午睡《ごすい》をする習慣がある。

その間猫と遊ばせてくれると言われ、フィンはつい反抗するのも忘れて目を輝かせてこくこく頷く。

ずっとなんでもいいから動物を飼ってみたかったのに、ハービー先生に止められて叶わなかった。

その猫も誰かから一時的に預かった猫で飼えるわけではないが、しばらく一緒に遊べるだけでも大満足だった。

が、ダリウスが手にしたお盆ごと振り返り、

「なりません！　奥方様も一体なにを言い出すのやら……、フィンレー様に喘息《ぜんそく》の持病があることをお忘れですか？」

と珍しく厳しい語調でリーズを諫《いさ》める。

「すこし触るくらいならきっと平気よ。せっかくフィンがその気になってくれたんだから、止めないで！」

リーズも食ってかかり、（……あれ？　秘密の愛人に向かって結構きつい言い方してるな）とフィンはひそかに首を傾げる。

リーズはフィンに向き直って笑顔を見せた。

「いま連れてくるわね。もし猫の毛で息苦しくなったりしたらすぐ抛《ほう》りだしていいから。絶対に嚙んだり引《ひ》っ掻《か》いたりしないお利口《りこう》な猫だから、安心して可愛がってあげて？」

その口調や表情は上辺《うわべ》だけの演技ではなく、本心から自分を喜ばそうとしてくれているように感じられ、やっぱりいつも僕のことを思ってくれてるみたいなのに、裏では僕の好きな人と不倫しているんだ、と愛憎渦巻《あいぞううずま》く感情で胸がざわつく。

ふたりは一旦部屋を出ていき、しばらくすると真っ白な猫を抱いたダリウスが不本意そうな顔で戻ってきた。

「わあ、ほんとに綺麗な猫だ……！　おいで」

ダリウスに駆け寄って両手を伸ばすと、白猫はぴゃっと素早く胸に飛び込んできてくれた。

毛並のいい美しい猫で、リーズの言う通り爪を立てたり抱っこを嫌がったりせず、フィンの腕の中に満足げにおさまり、ぺろっと手を舐《な》めてくる。

「ふふっ、可愛い。すごく人なつっこいんだね、君は」

片手で滑《なめ》らかな背中を撫でると、うっとりと目を細めた。

ソファに掛けると、膝の上に丸まってフィンを琥珀色《こはくいろ》の瞳で見上げ、甘えるような声音《こわね》でナーウナーウと話しかけてくる。

「猫ってもっときまぐれで、あんまり抱っことかさせてくれないのかと思ってたけど、君は違うんだね」

心地いい毛の感触を楽しみながら優しく撫でる。

見れば見るほど綺麗な猫で、

「君は美人だね。猫にこんなにはっきり美醜《びしゅう》があるとは思わなかった」

と言うと、言葉がわかるようにニャア〜ンと喜んで照れるような声を出す。

顎《あご》の下を人差し指でくすぐると、気持ちよさそうにゴロゴロ喉を鳴らす。

「……この子、飼いたくなっちゃったな」

と呟くと、脇に控えていたダリウスが苦虫《にがむし》を噛み潰したような表情で、

「なりません。こちらはすでに飼い主がおいでですから」

と考慮の余地なくきっぱり言う。

「わかってるよ。……でも僕のこと好きみたいだから。ね？　君。リーズにこの子の名前聞いとけばよかったな。……とりあえず『美人さん』でいいかな」

そう言うと、猫は気に入ったらしく機嫌よさそうにニャアと返事をした。

「美人さん」は意外にお転婆《てんば》で、腹にぐりぐり顔をすりつけてきたり、肩に前脚で摑まって立ち上がり、ぺろぺろと顔を舐めてきたり、肩の上に乗って襟巻《えりまき》のように首に巻きついて、尻尾《しっぽ》で髪をぽんぽんしてきたり、全力で好意を示してくる。

しばらく楽しくじゃれあっていると、

「フィンレー様、そろそろ猫をお返しするお時間になりますので、こちらは私がお預かりいたします。……いまのところ発作は起きませんでしたが、さんざん舐められておいでのでしたので、すぐに顔と手を洗ってうがいをなさってください」

とダリウスが問答無用で猫を奪い取る。

それまでいい子だった「美人さん」がダリウスに抱かれた途端、急にシャーッと威嚇《いかく》しだしたが、ダリウスは表情も変えずに部屋を出て行く。

二時間あまりが一瞬に思えるほど楽しくて、膝や腕に残るぬくもりや重みが消えると喪失感《そうしつかん》が込み上げる。

あんなに遊んでも発作が起きなかったし、また「美人さん」を知り合いの人から預かってほしいとリーズに頼んでみようかな、と思ったが、いや、リーズは敵だった、そんなこと頼めない、とフィンはなんとか思い止《とど》まる。

はあ、と溜息をつき、不倫さえしていなければ、リーズのこともほんとは大好きで仲良くしたいのに……、と思いながら、フィンは手を洗う。

その日の夕食後、部屋に戻ろうとしたとき、廊下の隅でダリウスとリーズがまたひそひそ立ち話をしているのが見えた。

なんとなくふたりの顔つきが険悪《けんあく》に見え、猫の件でも喧嘩腰だったし、もしかしてそろそろ別れが近いということはないだろうか、とひそかに期待してしまう。

ところが、その晩、夜更《よふ》けになるとやはり静かに隣の部屋のドアが開閉する気配を感じた。

……なんだ、全然まだ仲良しじゃないか、と自嘲気味の溜息を吐き、また息を吸おうとしたら、急に肺に石が詰まったかのように息苦しくなってくる。

いま発作を起こしても、きっとダリウスもリーズも取り込み中で来てくれないだろうし、来てほしくもない、とフィンは自分で胸元をさすりながら粉薬を飲み、上掛けを頭から被《かぶ》ってひとりで堪《こら》える。

しばらくして隣室と繋がるドアをそっと開けてダリウスが入ってきて、

「フィンレー様、いかがなさいましたか？　また発作が……？」

と上掛けを外そうとしたが、フィンは端を摑んで潜《もぐ》ったまま掠《かす》れた声で制した。

「触るな。もう薬も飲んでおさまってきたから、今更おまえにしてもらうことはなにもない。寝るから出てってくれ」

いまからでも背中をさすってもらえば早く楽になるのに、リーズと逢っていた直後のダリウスには触られたくなかった。

被ったシーツの向こうでしばらくダリウスが立ち尽くしている気配を感じたが、頑《かたく》なに黙っていると、

「……では、隣に控えておりますので、またなにかありましたらすぐに参ります」

とすこししょげたような声の後に部屋に戻っていく足音が聞こえた。

その声音にまた発作とは別の胸苦しさを覚える。

猫を抱いても発作は起きなかったのに、自分が苦しくなるのはいつもダリウスのせいだ、とフィンはシーツにくるまったまま涙の浮かぶ瞳をぎゅっときつく閉じた。

＊＊＊＊

「転地療養《てんちりょうよう》ですか。それは大変いいお考えかと」

主《あるじ》の夏季休暇が始まるすこし前、ダリウスは当主の部屋に呼ばれた。

近頃よく発作を起こす主のために、夏の間家族で空気のいい避暑地で過ごすつもりなので一緒に来てほしいと言われ、ダリウスは快諾《かいだく》する。

街中より涼しくて空気のいい場所で過ごすほうが主の身体にいいに決まっているし、夏休みの間お屋敷にいなければ、エリアル・ランバートが遊びに来ることもない。

主はまるで気づいていないが、親友面《づら》した目尻の泣きぼくろがいかがわしい富豪の息子は、小学生の頃から主を虎視眈々《こしたんたん》と狙っているのが自分にはまるわかりだった。

昔からやたら早熟で、純真な主に余計な知識を吹き込むのも気に食わず、手遅れになる前に遠ざけようと何度も婉曲《えんきょく》に促《うなが》してみたが、主は仲良しの友と引き離そうとする自分を疎《うと》ましく思うだけでうまくいかなかった。

画才があるのは認めるが、きっと絵のモデルなどと言って、そのうちヌードモデルを友人面で頼み、疑いもせずに脱いだ主を襲ったりするかもしれない、と想像しただけで嚙みしめた奥歯が折れそうになる。

もし今度モデルを頼まれたと言われたら、絶対に阻止するか、一緒について行って見張るしかない、と思っていた矢先、転地療養の件を聞き、安堵に胸を撫で下ろす。

主が誰かと本気で恋に落ちたら、どんなに辛くても祝福して受け入れようと覚悟しているが、あんな小僧には大切な主に指一本触れさせてなるものか、と息巻いていると、当主がにこやかに言った。

「じゃあダリウス、休暇が始まったら、フィンレーを連れて先に別荘に行ってもらえるかい？私とリーズは商用で三日ほど遅れて行くから」

「……え。あ……はい、承知いたしました」

恋敵《こいがたき》のませガキを遠ざけられると喜んでいたら、すこしまずいことになってしまった、とダリウスは内心慌てる。

ヒューバートが留守番なのはお屋敷の管理のためなので致し方ないが、リーズがくるまでの三日間、ふたりだけだと深夜の変身中になにかあったら困る。

この頃角《つの》の薬効《やっこう》が薄れたのか、毎日飲ませているのに発作が起きやすいし、相変わらず反抗期は続いているし、ひとりではいろいろ不安だが、自然に囲まれた空気の澄んだ避暑地なら発作も起きないかもしれないし、三日くらいなんとかなると信じよう。

ふたりで先に行くようにという旦那様のお達しを主に伝えると、怖《おそ》れていたような「三日もおまえとふたりなんてお断りだ」というけんもほろろな返事ではなく、「……ふうん。わかった」と素っ気ない応《こた》えがあった。

出発の前日、痛みを我慢してリーズにいつもより多めに角を削《けず》ってもらい、その他の薬や着替えや当座の食材を車に積み、翌日主を乗せて別荘へ向かった。

当主が息子のために新たに購入した別荘は切り立った山並みがそばまで迫《せま》り、湖にも近い美しい景勝地《けいしょうち》にあり、森の中に点在する富裕層の別荘のうちのひとつ、ブランベリー家の瀟洒《しょうしゃ》なコテージに車を駐める。

庭の四阿《あずまや》に主に掛けてもらい、ダリウスは預かった鍵で扉を開け、急いで家じゅうの空気を入れ替え、家具の上にかかった埃除《ほこりよ》けの布を外し、手早く床を掃《は》き、荷物を運び込む。

主の寝室のベッドメイクをし、枕や室内にラベンダーオイルを薄めたミストを撒《ま》き、庭に面した窓から主に声を掛ける。

「フィンレー様、お待たせしました。もうお入りくださって結構ですよ」

素《そ》っ気《け》なく頷いて立ち上がる主を認めてから、ダリウスは台所へ行ってお茶の支度をする。

生地の中央にジャムを乗せて二度焼きしたロシアケーキをお茶と一緒に供《きょう》すると、

「……これ、リーズとかジューンとかほかの誰かが作ったもの……？」

とぼそりと問われた。

「いえ、昨日私が焼いたものですが。もし焼き立てがよろしいのでしたら、すこしお待ちいただければご用意いたしますが」

自分が作ったものでは嫌なんだろうか、と気を揉《も》みながら答えると、

「……別にこれでいい」

とまたぼそりと呟き、主はひとつ摘《つ》まんでサクッと音を立ててアーモンドプードルを入れたクッキー生地に歯を立てる。

昔から甘い焼き菓子がお好きなのに、反抗期に入ってから「いらない」と言われるか、食べてくれてもひと口ふた口しか口にしてくれないが、前のようにおかわりしてもらえるくらい美《お》味《い》しいものを作ってみせる、と闘志《とうし》を燃やして腕を上げてきた。

珍しく一切れ食べてくれたことに感激して思わず口角《こうかく》を緩《ゆる》めると、チラとこちらを見た主が、

「ジロジロ見ないでくれ。長いドライブで疲れたから、すこし休む」

とつっけんどんに言いながら寝室へ行ってしまう。

つれない態度にはもう慣れたはずなのに、毎回新鮮に胸が潰《つぶ》れそうになる。

完全に嫌われてはいない気配だけをよすがに耐えているが、相当嫌われているのはたしかで、なにが原因なんだろう、理由がわかればすぐに直すのに、と何億回目かの答えの出ない問いを胸の中で繰り返す。

その晩、いつもより多めに角の粉を混ぜたホットミルクを飲んでもらい、隣室に下がって主の気配を壁越しに窺いながら休憩する。

深夜前に服を脱ぎ、変身してから静かに脚を折って壁際に蹲《うずくま》る。

隣から咳《せき》や起きている様子は感じとれず、今夜は大丈夫かな、とうとうとしかけたとき、庭のどこかでウシガエルが鳴きだした。

結構な音量にダリウスは顔を顰《しか》め、ブルッと鼻息を噴いて立ち上がる。

せっかく安らかに主が眠っているのに、変な声で安眠を妨《さまた》げないでくれ、と思いながら、ダリウスはガラス扉から外へ出て、ウシガエルの声のするところまで急いで駆けつける。

明日芝刈りをしなくては、と思いつつ雑草を掻《か》き分けて鳴いているウシガエルを見つけ、軽く背中を噛み、振りかぶるように木立の奥へ放り投げる。

うちの主は音に敏感なんだから、鳴くならよそで鳴いてくれ、ともう一度鼻息を漏らし、くるりと部屋に戻ろうとしたとき、ガタッと驚いた顔の主が部屋から裸足《はだし》で飛び出してくるのが見えた。

「……！」

またこの姿を見られてしまった……！　とダリウスは目を剥《む》いて固まる。

主は寝間着のまま近くまで駆け寄ってきて、

「……やっぱりほんとにいたんだ……！　君、あのときの一角獣《いっかくじゅう》、だよね……？」

泣きそうな表情で顔に手を添えてじっと見つめられ、躊躇《ちゅうちょ》なく鼻面《はなづら》に頬ずりされ、五年ぶりの好意的なスキンシップに感極まる。

先日、主につれなくされる辛さに耐えかねたリーズがまさかの行動に出て、猫の姿を主に晒《さら》し、思いっきり可愛がってもらうところを見せつけられ、皮を剥《は》いで東洋の三味線《しゃみせん》という楽器にしてやろうかと思うほど嫉妬したが、自分もしてもらえて感激に尻尾《しっぽ》を打ち振るわせてしまう。

反抗期の間、何度も反芻《はんすう》した『ダリウスが一番好き、ずっとそばにいてね』と抱きついてくれた幼い日の主が走馬灯《そうまとう》のように蘇《よみがえ》り、でも今目の前にいる相手は思い出じゃなく本物のフィンレー様だ、と視界が潤《うる》む。

主はひとしきり頬ずりしてから顔を離し、ダリウスの目を見つめた。

「……久しぶりだね。ずっと君に会いたいと思ってたんだよ。みんなには一角獣なんていない、ただの夢だって言われたけど、僕は信じてた。ほんとにまた会えるなんて、すごく嬉しいよ

「……！」

心のこもった言葉と、潤んだ瞳で笑みかけられ、ずっと待ち望んでいた天使の笑顔を見られたうえ、チュッと鼻面《はなづら》に口づけられ、あやうく歓喜で失禁《しっきん》しそうになる。

この至福の喜びを振りきって、身を隠すなどという半獣としてのまともな判断はとてもできなかった。

遠慮がちに自分からも主の滑《なめ》らかな頬に頬を寄せ、すりすりと顔を動かすと、主はくすぐったそうに笑い声をあげる。

もっと欲をかいて頬にそっと口づけてもまるで嫌がられなかった。

人の姿の時には、看病のとき以外は気安く触れることは叶わず、仕事を装《よそお》って髪に触れたり、直す必要もないネクタイを直したり、なんとか理由をつけて触れることしかできないし、ほんのわずかな接触でも主は身をこわばらせてしまうが、この姿なら疎《うと》まれることはない。

五年つれなくされてきた身にこのご褒美《ほうび》は蜜《みつ》のように甘すぎて、もう半獣の掟なんかどうでもいい、とダリウスは主の片袖《かたそで》を咥《くわ》え、庭の四阿《あずまや》へ向かう。

一緒に来てくれた主を木の長椅子に掛けさせ、自分は足元に座る。

主の下衣の裾《すそ》を嚙んで片脚を上げさせると、泥のついた裸足の足の裏を舐《な》めて綺麗にする。

「わっ、ちょっと、こら、くすぐったいってば……！」

こんな姿でも主の世話係だという大義名分のもと、くすぐったがってバタバタする主の両足

に遠慮なく舌を這わせると、土の味などまるで気にならないほどの陶酔感《とうすいかん》を覚えた。

ひとまず満足して顔を上げると、主はもう一度そっと手を伸ばし、優しく触れてくれながら言った。

「……ねえ、どうしてここにいるの？　前に会ったのはダリウスの故郷の村だから、ここはだいぶ離れてるよね。……もしかして住処《すみか》を変えたの？」

そう質問され、この姿の自分と人の姿の自分が同一の存在だと気づかれないようにするにはどう答えればいいのかとしばし迷う。

とりあえず頷いておこうかと思ったとき、主が微笑みながら言った。

「まあいいや。また会えただけで。……そうだ、ダリウスを起こしてこよう。君を見てもらって、七つの時も夢や幻じゃなかったって証明してやらないと……！」

立ち上がりかけた主にダリウスはギョッと目を剝き、即座に寝間着の裾を嚙んで引き止め、ぐいっと顎を引いてもう一度座らせる。

ブルルッと唸《うな》って顔を振ると、主は怪訝《けげん》そうにこちらを見おろし、「あっ」と呟いた。

「……もしかして、本当は人に見られたらいけないの……？　だから滅多《めった》に人の前に現れないとか……？」

物語的な架空設定を口にされ、そういうことにしておこう、と小さく頷くと、主は「……そうなんだ……」と呟いて、

「……でも、じゃあなんで僕の前には二度も姿を見せてくれたの？　すごく嬉しいけど」

と不思議そうに問われた。

それは、あなたのことが大好きで、いつもおそばにいるからです、と主の膝の上に置かれた手の甲に口づけてから見上げる。

主は瞳を覗き込むように見おろし、

「……もしかして、僕は特別なの？　もしそうだったらすごく嬉しい。とても光栄だよ」

と嬉しそうに囁いた。

長らく目にできなかった天使の微笑と素直な物言いにじわりと胸を熱くしながら、主にこんなに気に入られている一角獣の自分に軽く嫉妬する。

人間界にはいないことになっている幻の生き物にそんなに心を開いてくれるなら、人の姿の自分にももうすこし心を開いてくれてもいいのに、とつい思ってしまう。

主は鬣《たてがみ》を撫でながら、

「……君の目の色って、ちょっとダリウスに似てる」

と独り言のように呟いた。

バクッと鼓動が一拍止まりかけるが、なんとか平静を装う。

ヒューバートは目許《めもと》が多少アライグマっぽく、リーズの目尻もすこし吊った猫目だが、自分はふたりほど獣型との相似《そうじ》がないし、夜だから藍色《あいいろ》も黒に見えるだけで気づかれないかと思ったが、十年のつきあいだからわかるんだろうか、と内心慌てる。

主は優しく微笑しながら、

「でも、鬣の色は違うね。君は金色の混じった白だけど、ダリウスは黒髪だから」

と何度も自分の名を引き合いに出す。

嬉しくて胸が高鳴るが、そのうち出没場所が被《かぶ》ることなど共通項に気づかれたらマズい、と焦《あせ》っていると、主はふと笑みをおさめてポツリと言った。

「……君に初めて会った頃に戻れたらなって、よく思ってたんだ。あの頃は、ダリウスは僕のことだけを考えてくれて、幸せだったから」

「……」

それはどういう意味なんだ。あの頃だけじゃなく、いまでもあなたのことしか考えていないのに、と内心戸惑う。

やっぱりなにか誤解するきっかけがあるはずだ、と主を見上げ、この姿なら打ち明けてくれないだろうかとじっと目で訴える。

「……話を聞いてくれるの……？」

以心伝心のように囁かれ、深く首肯《しゅこう》する。

主はしばらくためらうように黙って鬣を撫でていたが、床に下りて首に凭《もた》れるように身を寄せてきた。

「……君なら秘密を守ってくれるだろうから、話そうかな。……あのね、僕、好きな人がいるんだ」

「……っ！」

思いがけない切り口に、（なに…⁉）と反射的に尾がバサッと跳ねてしまう。

それは誰なんだ、そんな話は聞いたことがないのに……、親しい女性はいないから、まさかエリアルじゃ……、いや、あいつのことはただの友達としか思っていないはず……、とぐるぐるしながら続きを待つ。

「……昔から大好きな初恋の人なんだけど、彼は僕の継母《ままはは》と不倫してるんだ」

「……⁉」

リーズと不倫してる男……？　男なのか……、それはともかく、リーズは不倫なんて絶対にしてない。何年経っても新婚みたいに旦那様一筋だし、そんなことをすれば半獣の嗅覚《きゅうかく》でわかるし、と困惑しながら首を必死に振ると、主は眉を寄せて口を尖らせた。

「違うって言うの？　君はうちの事情を知らないだろ。僕だって最初に見たときから信じたくなかったけど、そうなんだよ。五年前、ダリウスはリーズと夜中に裸で庭にいたんだ。人目を忍んで密会してたんだよ」

「……ブッ、ヒィッ⁉」

顎《あご》が外れそうなほど驚き、裏返ったブタみたいな声を上げてしまう。

……俺のことか……⁉　いや、その前に密会なんて一度たりともしていないのに、どうしてそんな誤解を……、と激しく狼狽《ろうばい》する。

必死に五年前の記憶を辿《たど》ると、ふと引っ掛かる出来事を思い出す。

もしかして、あのときのことだろうか。角を削ってもらう約束を反故《ほご》にされ、喧嘩しながら裸で庭を走って隠れたことがあるが、まさかあれを主に見られていたのか……？

しまった、気づかなかった。でもあれのどこをどう見たら不倫の密会と勘違いするのか皆目《かいもく》わからないが、あの場面を半獣じゃない人が見たら、そう理由づけても仕方がないかもしれない……。

不倫なんて、とんでもない事実無根のデマだが、主はリーズの不倫相手が初恋の人だと言った。ということは、主の好きな人というのは、やっぱり……。

いや、まさか、ありえない。「ダリウス」と聞こえたのも幻聴《げんちょう》に決まっている。この五年間、ゴミを見るような目で疎まれ続けたことを思い出せ。

……でも、それは五年間不倫していると勘違いしていたせいで、本当に主の言葉が事実なら、両想いじゃないか……！　思わず再び背中に羽根が生えたようなペガサス気分になる。

すぐにも「不倫なんて誤解です、私も初めてあなたにお会いしたときからお慕《した》いしておりました」と勢い込んで告げようとして、喉から低い唸りしか出てこず、人語《じんご》が操《あやつ》れない姿だと思い出す。

内心舌打ちし、明日まで待たなくてはならないのか、と肩を落とした一瞬後、告白するには難問が多すぎることに気づく。

半獣の秘密を言わずにあの夜のことをどう釈明すればいいのかわからないし、主が一角獣に話したつもりのことを自分が口にしたら、同一人物だとバレる可能性もある。

どうすればいいんだ、と固まっていると、主が淋しげに言った。

「……不倫なんてやめて僕を好きになってって言いたいけど、親友から、禁じられると逆に燃え上がるからなにも言うなって言われてるし、望みはないから早く諦めろとも言われてて、自分でもそうしなきゃって思うんだけど、ダリウスは僕の前では本当に優しくて、かっこよくて、頼りになって、安心できる人だから、嫌いになれないいんだ。……本人を前にすると、ひどい態度しか取れないけど……」

「……」

なんということだ、夢なんじゃないか、とむせび泣きたい気持ちと、不倫疑惑を晴らしたいのに角と変身という語を使わずに釈明する方法が浮かばない、と取り乱す気持ちと、あのクソガキ、余計なこと言いやがって、と憤慨《ふんがい》する気持ちが入り乱れる。

……とにかく、半獣の秘密には触れずに、なんとかして身の潔白を証明して、ただの人間のフリで積年《せきねん》の想いを伝えたい、と強く思ったとき、主がすこし気が晴れたような声音《こわね》で言った。

「……神話に出てくるような一角獣の君に、不倫とか下世話な話を聞かせてごめんね。でも、ずっとお父様にも言えなくて、胸が苦しかったから、君に聞いてもらえて、ちょっとスッとした。ありがとう」

とんでもないです、ずっとしなくていい誤解で悩ませてしまって恐縮です、とブルル、と神妙に首を振ると、主はくすりと笑んだ。

「本当に人の言葉がわかるみたいだね。……そうだ、馬って角砂糖が好きって聞いたことがあるけど、一角獣もそうかな。ダリウスがお茶の時間用に菫《すみれ》の砂糖漬けが乗った可愛い角砂糖を持ってきたから、それ食べる？　いま取ってきてあげる」

いえ、あれはあなた用なので結構ですよ、と首を振ったが、主は「待ってて」とサッと立ち上がり、母屋《おもや》に向かって駆けていく。

その後ろ姿に、「これダリウスにもあげる！」となんでも分けてくれた頃の主を思い出してきゅんとする。

馬面《うまづら》で最大限に歯を剝いて笑みを浮かべて待とうとして、ダリウスはハッと我に返る。

……嬉しすぎて時を忘れてしまったが、そろそろ三時になるはずだ。

変身姿を見られないうちに隠れないと、とダリウスは四阿から出て、主とは反対方向に走り、裏手の物陰に身を潜《ひそ》める。

前庭のほうから「……あれ？　おーい、どこにいるの？」と自分を呼ぶ主の声が小さく聞こえたが、その場でじっとしていると、しばらくして探す気配が消え、部屋に戻ったようだった。

ダリウスは人の姿に戻り、夜闇に紛《まぎ》れて裸のまま勝手口の窓をよじ登って中に入る。

足音を忍ばせて自室に戻り、服を着てベッドに身を横たえ、大きく息を吐いた。

神経が昂《たかぶ》って、とても眠れそうになかった。

まだ信じられないが、愛しい主が自分を「初恋の人」だと言ってくれ、いまも想ってくれていると知ることができて、獣型なら千里でも疾走《しっそう》したいくらい高揚していた。

ベッドから主の部屋の壁を見つめ、早く自分の気持ちを伝えたい、と気が逸《はや》る。

リーズもただの人間のフリで旦那様とうまくいっているし、自分も人間のフリをしたまま主と結ばれたい。

……でも、もしいつか半獣とバレてしまったら、そのときも主は自分を受け入れてくれるだろうか、と不安が過《よぎ》った。

これがリーズの場合なら、変身しても人間界で愛玩《あいがん》される猫の姿だし、旦那様も鷹揚《おうよう》な質《たち》だから、もしバレても「猫でも可愛いよ」と言ってくれそうだが、隣で寝ていた恋人がふと見たら一角獣になっているのを見たら、主でなくても仰天《ぎょうてん》しない人間なんていないだろうし、そんなことにならないように重々気を付けるつもりだが、なにかの拍子で秘密がバレないとも限らない。

主は一角獣に対して好意的だし、人としての自分のことも慕ってくれているが、そのふたつが同じものだとわかったとき、普通の人間ではない化け物なのかと恐怖や抵抗感を覚えたりしないだろうか。

もし一度幸せを知ったあとに拒絶されたら、と考えると、そんな耐えがたい絶望は味わいたくないと怖気《おじけ》づく。

人間と恋してはいけないという半獣の掟は、もしかしたらいままで秘密を知られて傷ついた先達《せんだつ》が作ったものなのかもしれないという気がした。

でも、せっかく主の本心がわかったのに、半獣とバレたときの拒絶を怖れてなにも言わずに現状維持《いじ》を選べば、主は誤解したまま悲しむことになる。

これ以上主を苦しませたくないし、自分が傷つくことを怖れて尻込みするなんて、ただの腰抜けだ。

自分も初めての恋だから、つい弱気になってしまったが、リーズの面《つら》の皮を見習って、勇気を出して主に想いを伝えよう、とダリウスはやっと決意したのだった。

＊＊＊＊＊

翌朝、フィンはダリウスが起こしに来る前に仕度《したく》をして部屋を出た。

昨夜《ゆうべ》、十年ぶりに一角獣と再会して、気が昂《たか》ぶってよく眠れず、早く起きることにした。

昨夜は夜更けに蛙《かえる》の鳴き声で目が覚め、うるさいな、と庭を覗こうとしたら、月の光を浴びて真っ白に輝く一角獣《いっかくじゅう》が庭を駆けているのが目に飛び込み、慌てて追いかけた。

近づいてよく見ると、七つの時に見たのと同じ相手だと直感でわかり、嬉しくて泣いてしまいそうだった。

向こうもこちらを覚えていてくれたようで、キスしたり頬ずりしたり、子供の頃よりたくさん親愛の情を示してくれた。

こんなところでなぜまた会えたのかわからないが、偶然でも再会できて本当に嬉しかった。

昨夜は角砂糖を持って戻る間に消えてしまったけれど、住処《すみか》はこの近くらしいから、また会いに来てくれるかもしれない。

自然に口角《こうかく》に笑みを浮かべて食堂へ行くと、朝食の準備をしていたダリウスが動きを止め、会釈《えしゃく》しながら言った。

「おはようございます、フィンレー様。いまお呼びしに行こうと思っていたところでした。お熱はまだ……？」

「自分で測《はか》った。平熱だった。……ねえ、ダリウス、昨夜……いや、なんでもない」

一角獣と再会したことを話そうかと思ったが、また夢だとあしらわれても癪《しゃく》だし、あの子もほかの人には知られたくないかもしれないので黙っておくことにする。

ダリウスに給仕させて一人で食べるのも味気ないので、一緒に朝食を食べるように言いつける。

食べはじめてしばらくののち、ダリウスが向かいの席から何度か言いあぐねるような様子をしたあと、「フィンレー様」と思い詰めた口調で呼びかけてきた。

目を上げると、

「……あの、実はお伝えしたいことがあるのですが、……その、私は、ええと、ご存知のとおり独り身で、恋人もおりません。ある個人的な事情で、二十七年間交際経験もないですし、もちろん道ならぬ恋など神かけてしたことはありません」

と唐突に言われた。

いきなりなんなんだ、とフィンは戸惑って目を瞬《しばたた》く。

でも、「独身」と年齢以外嘘だし、ちゃんとした恋人じゃなくても、不倫の交際相手ならいるじゃないか、と目を眇《すが》める。

「……それ、朝食の席でする話？　それに、個人的事情ってなんのこと」

尖《とが》った声で問うと、ダリウスは唇を湿らせて視線を泳がせながら言った。

「……その、実は、いままで伏せておりましたが、私は夜中になると、背中に不気味な蕁麻疹《じんましん》が出る特異体質なのです。薬を塗らないと痒《かゆ》くて堪《た》え難《がた》いのですが、とても人にお見せできるような蕁麻疹ではなく、自分では手が届かないのに不気味すぎて気軽に人に頼めず困っていたら、同郷の幼馴染の奥方様が昔から見慣れているからとお引き受けくださり、時々自室で薬を塗っていただいております」

「……え、蕁麻疹……？」

初耳の事情を打ち明けられ、フィンは目を瞠《みは》る。

……そんな事情は知らなかった。じゃあ、よくひそひそ「今夜お願いします」とか言っているのは皮膚病のためで、逢引きの約束じゃないのか。

不倫じゃなかったんだ、と喜びかけ、でも五年前の光景についてはいまの説明では納得がいかない、と再検討する。

薬を塗るのになぜ庭で全裸になる必要があるのか、背中の蕁麻疹なら下は着衣《ちゃくい》でいいのでは、と不審な点がある。

ふと、前にエリアルに聞いた話を思い出す。

往々《おうおう》にして、不貞がばれそうになった男は常識ではありえない作り話で取り繕《つくろ》い、最後まで認めずにとぼけようとするものだと言っていたから、ダリウスも薄々自分に秘密を知られていることに気づいて、先手を打って誤魔化《ごまか》そうとしているのかもしれない。

フィンはダリウスを見据《みす》え、

「……じゃあ、これからは僕がおまえに薬を塗ってやるから、もうリーズに頼まなくていいよ」

もし蕁麻疹が事実だったら、本当にそうしてやるつもりで言うと、ダリウスは「えっ！　い、いやそれは……、フィンレー様にそのような……」とあからさまにへどもどする。

やっぱり嘘か、と失望して吐息を零《こぼ》したとき、玄関のドアノッカーが叩かれる音が聞こえた。

少々お待ちください、この続きはまたのちほど、と早口に言って、ダリウスが応対に向かう。

もう変な嘘はいいから、これ以上幻滅させないでほしい、と思いながら立ち上がり、部屋に戻ろうとしたら、玄関ポーチから親友が顔をのぞかせた。

「やあ、フィン。君の家に伺ったら、夏じゅうこちらで過ごすと聞いたから、押しかけてきたんだ。僕も泊めてもらえる？」

エリアルが入口脇に立つダリウスに革のトランクを押しつけて、フィンに片手を振る。

不誠実な嘘を吐《つ》くダリウスとふたりだけで過ごすより、エリアルがいてくれたほうがもやもやしないで済むかも、と思いながら玄関に近づく。

ダリウスは入口に立ち塞《ふさ》がるように慇懃無礼《いんぎんぶれい》にエリアルにトランクを押し戻し、

「エリアル様、大変恐縮なのですが、フィンレー様はこちらに静養の目的でお越しなので、騒々《そうぞう》しいご友人のご逗留《とうりゅう》はご遠慮いただけますでしょうか」

とにべもなく追い返そうとする。

フィンは「ダリウス！」と声で咎《とが》める。

「せっかく来てくれたのに、失礼なことを言うな。部屋は余ってるんだし、好きなだけいてもらって構わない。……それにエリアルのせいで発作が起きるわけじゃないし」

ぼそりと付けたし、エリアルと庭にいるから、部屋を用意してあげてくれ、と命じると、ダリウスは数秒黙ってから、「……承知いたしました」と低い声で従った。

昨夜一角獣と過ごした四阿《あずまや》へ行き、いまダリウスから聞いたばかりの蕁麻疹という新情報について友に意見を仰ぐと、エリアルは一笑に付《ふ》した。

「そんなの嘘に決まってるじゃないか。薬を塗るだけなら何分もかからないのに、君が聞き耳を立ててると、誰かが隣室に忍んできてから出て行くまでしばらくかかるって言ってただろ？もういっそのこと、今度現場に踏み込んで確かめてみなよ」

「えっ！……そんなはしたないこと、できないよ……」

過激なアドバイスにフィンは怯《ひる》んで口ごもる。

ふたりの絡みを想像するだけでも不愉快なのに、実際に目にしたら、立ち直れないほど傷つくに決まっているから見たくない。

そのとき、ダリウスが四阿まで二人分のお茶と焼き立てのショートブレッドを運んできた。

「エリアル様、先ほどは大変失礼で不躾《ぶしつけ》な態度を取りましたことをお詫《わ》び申し上げます。お部屋のご準備も整いましたので、ごゆっくりお寛《くつろ》ぎください」

ダリウスが殊勝《しゅしょう》にエリアルに頭を下げたので、ちゃんと反省したのかと思ったら、廊下のどん詰まりのフィンの部屋から遠くて狭い日当たりの悪い部屋をエリアルに宛《あて》がっていた。

夕食までエリアルと自室で宿題の範囲について話していたら、庭の雑草を刈るダリウスがやたらと咳払《せきばら》いしながら何度も往復するので気が散ってしょうがなかった。

家庭環境が悪いという理由でここまで目の敵《かたき》にしなくても、と内心呆れる。

エリアルが全然気にしてないみたいだからまだいいけど、もうすぐ父たちも来るから、ダリウスもすこしは自重《じちょう》してくれることを願おう、と思いながら、夕食後に部屋に引き上げ、クラスで流行《はや》っているスリラー小説を読んでから眠りについた。

今夜は蛙の声はしなかったのに、二時頃に自然に目が覚めてしまい、もしかしたら一角獣が来ていないだろうかと確かめたくなった。

寝間着で外に出て、庭をひとわたり見回しても姿は見えなかったが、待っていたら来てくれるかも、と月夜の散歩がてら歩いて四阿に向かい、昨日と同じ場所に掛ける。

今度会えたら、あの子に名前をつけたいな。

僕の一角獣じゃないけど、「君」じゃなくてもっと親しみを込めた呼び方をしたいから、と笑みを浮かべて名前を考えていると、パキッと小枝を踏むような音がした。

顔を上げると、闇の中に白い人影がゆらりと浮かび、殺人鬼が出てくるスリラーを思い出してギョッと身を竦《すく》める。

「フィン、こんな夜中になにしてるの?」

ほがらかなエリアルの声にホッと肩の力を抜いて、

「……なんだ、君か。一瞬殺人鬼か幽霊かと思っちゃったじゃないか」

と隣に座ってきた親友に笑みかける。

「ひどいな。幽霊ならこんなハンサムじゃないよ」

ふざけて気取ったポーズを取るのがおかしくて、フィンはぷっと噴き出す。

「どうしたの、よく眠れなかった？」

「うん、ちょっと部屋がカビくさくて、談話室で寝ようかと思って出て来たら、窓から君が見えたんだ」

ごめんね、明日部屋替えさせるから、と詫びると、

「別にいいよ、突然来た僕も悪いし、ああいう部屋に泊まるのも一興《いっきょう》だから」

と面白がるように言う。

なんでも楽しく受け止めるエリアルなら一角獣と会った話をしても全否定はせずに聞いてくれるかも、と期待してフィンは言った。

「あのさ、エリアル、前に青い鳥が人間に変わるのを見たって言ってただろ？　それとはちょっと違うけど、僕も不思議な生き物に会ったことがあるんだ。十年前に一度、それから昨日ここで、一角獣を見たんだよ」

「……え？」

目を瞠って問い返され、フィンは熱心に説明する。

「ほんとなんだよ。真っ白でものすごく綺麗で、表情豊かで人の言葉がわかるんだ。七つのときも母を亡くしたばかりの僕を慰めてくれたし、昨日も悩みを聞いてくれて、僕を元気づけるために現れてくれるみたいな優しい一角獣なんだ。だから今夜もまた会えないかなと思って、待ってるんだ」

いままで一角獣のことをダリウスにも父にもヒューバートにも信じてもらえなかったが、不思議な青い鳥を見たことがあるエリアルなら理解してくれるような気がする。

それにあの子も自分の親友になら知られても許してくれるかもしれないし、と思いながら話すと、エリアルはすこし溜めるような間を開けてからフィンを見つめた。

「フィン、僕はその話、信じるよ。……だって、その一角獣は僕だから」

「えっ……？」

一瞬意味がわからず、フィンはきょとんとする。

エリアルはにこやかに顔を近づけ、鼻が触れそうな位置で止めた。

「僕とその一角獣、似てると思わない？　プラチナブロンドで、ハンサムで表情豊かで、昔からたくさん君を励《はげ》ましてきたよね。君を元気づけたいという僕の願いを神様が聞いてくれて、一角獣の姿に変えてくれたんだよ」

「……」

いま即興《そっきょう》で話を作ったのだとは思うが、淀《よど》みない話術に、一瞬（ほんとかな）と思わせる妙な説得力があった。

普段からエリアルは本当みたいな創作をするのが上手いが、時々嘘みたいな本当の話もするので、全部が冗談とも決めつけられない。

でも、エリアルのサファイアみたいな青い目はあの子の藍色《あいいろ》の目とは違うし、雰囲気も全然違う。

もしエリアルが一角獣になるとしたら、自分でデッサン帳に描いたようなゴージャスな一角獣になるような気がする。

フィンが「冗談だよね」と返そうとすると、先にエリアルが「なんてね。嘘だけど」とニッと笑う。

「フィンは変身とかロマンチックな話、好きかと思って」

「好きだけど、いましてくれなくていいよ」

いまは本気で聞いてほしかったのに、と軽く口を尖らせて苦笑すると、エリアルはちょんと鼻の頭をくっつけてくる。

「お気に召さなかった？　まだ一角獣を信じてるような純真なとこも可愛いけど、君は鈍《にぶ》すぎるし、警戒心がなさすぎる。あの世話係の本命にも気づかずに、うかうかとこんな悲鳴上げても誰にも聞こえないような別荘に連れてこられちゃダメだろ」

「え?」

エリアルがなにを言いたいのかわからず、フィンは眉を寄せる。

突然「警戒心がない」とか「悲鳴を上げても聞こえない別荘」などと言い出すので、またスリラー本の影響で、まさかここは殺人鬼の惨劇《さんげき》が起きた曰《いわ》くつきの別荘だったとか、と咄嗟《とっさ》に発想がそちらに飛ぶ。

でも、「世話係の本命」についてはリーズだとわかっているし、自分がそう教えてくれたくせに、なんで気づいてないとか鈍いなんて言うんだ、と腑《ふ》に落ちずに「ちゃんと知ってるよ」と言おうとしたとき、エリアルにがしっと両肩を摑まれた。

そのままぐっと長椅子に押し倒され、顔を真上まで寄せられる。

いきなり虫ピンで止められた標本みたいに座面に押しつけられ、フィンは困惑する。

普段からエリアルはスキンシップが多いタイプで、ソファで肩を組んできたり、ふざけて押し倒すようなことはよくあるが、すぐに笑って起こしてくれる。

でもいまはじっと見おろすだけでなかなかどいてくれず、ちゃんと座ろうよ、と言いかけたとき、エリアルが笑みかけた。

「いまもまだ僕が『親友』としてじゃれてるだけだと思ってるだろ。でも違うんだよ、僕は君を『恋人』にしたいんだ。君があいつを諦めるまで待つつもりだったけど、いくら唆《そそのか》しても諦めが悪いから、もう待ちくたびれちゃったよ」

「……っ」

至近距離にある親友の笑顔を初めて怖いと思った。

口も目も笑っているのに目の奥に不穏な光が浮かんでいて、フィンは肌を粟立《あわだ》てる。

エリアルの気持ちを初めて知ったが、自分にとっては仲良しの親友でそれ以上ではない。

なのに、身動きできないほどの力で押さえつけられ、エリアルに唇を寄せられて、「エリアル、いやだ!」と必死に顔を背《そむ》けたとき、ドドドッと地響きのような音が迫《せま》り、覆《おお》いかぶさっていたエリアルが「うわあっ!」と叫んで上から消えた。

驚いて身を起こすと、あの一角獣がエリアルの寝間着を噛みちぎる勢いで四阿から抛《ほう》り出し、地面に転がったエリアルの襟首《えりくび》を噛んで、足が浮くほどの全力疾走で裏手に引きずっていく。

ぎゃあああーッというエリアルの絶叫に慌てて後を追うと、一角獣が物置小屋の戸を角《つの》で開け、エリアルを後ろ脚で蹴《け》りあげて中にぶち込み、また戸を閉めて長い板切れを咥《くわ》えて閂《かんぬき》を掛けるのが見えた。

ものの数秒のことで、呆気《あっけ》に取られながらそばに近づく。

いままでどこにいたのか、一瞬で現れた一角獣に戸惑いつつ、声を掛ける。

「……あの、今日も会えて嬉しいけど、これはちょっとやりすぎだよ……」

挨拶代わりに首筋を撫でてから、ドンドンと内側からドアを叩いて「フィーン! 出してくれー!」と哀れな声を出すエリアルを助け出そうとすると、ぐっと袖を噛んで引き止められた。

振りむくと、一角獣がフィンの袖を噛んだまま首を振って（助けは無用）と言いたげな渋い目つきをする。

この目つき、どこかで見たことあるな、と思いながら、

「違うんだよ、きっと僕が悪者に襲われてると思ったのかもしれないけど、エリアルは友達で、ここまで撃退されるようなたいしたことはしてないから」

だから袖を離して、と頼むと、一角獣はフガッと鼻息を吐いて仏頂面《ぶっちょうづら》で首を振った。

その様子がやはりダリウスを彷彿《ほうふつ》とさせ、瞳の色だけじゃなく、やることも似てる、と思わず苦笑したとき、一角獣がハッとしたように袖を離し、ダッと身を翻《ひるがえ》して駆けだした。

「……ど、どうしたの？　待って……！」

また現れたときと同様に急に消えてしまうのかと、急いで追いかける。

建物の東側を周って表側に出たとき、庭を風のように駆ける一角獣のシルエットが一瞬のうちに長身の男性に変化した。

「……!?」

自分の目が信じられず、フィンは目を瞬く。

一体いまのはなんなんだ。一角獣が男の人に変身したように見えたけど、そんなことありうるのか……？

まさか、さっきからずっと長い夢を見ている最中なんだろうか、と思わず頬をつねる。

ちゃんと痛いから、いまのは目の錯覚《さっかく》かも。エリアルが昔見た青い鳥が下りたところにたまたま女の人がいたみたいに、一角獣が目にも止まらぬ速さで駆けて行って見えなくなった場所に丁度男がいて変身したように見えただけかもしれない。

でも、人の家の敷地にたまたまいる男って不審者じゃないか、とまたスリラーの殺人鬼を思い出し、フィンは震えあがる。

早くダリウスに知らせないと、と焦ってダリウスの寝室に向かいながら、途中で武器になりそうな棒切れを拾う。

窓から中を覗くと、ダリウスは寝ておらず、上半身裸で肩を喘《あえ》がせながら下衣《かい》を穿《は》いているところだった。

なんとなくいろいろ違和感を抱きつつ、ひとまず不審者のことを伝えなくては、とフィンは声を潜《ひそ》めて声をかけた。

「ダリウス、いま庭に不審な男がいて、この辺りのどこかの部屋に入ったように見えたんだけど、怪しい男を見なかった？」

一角獣がいたことや、一角獣が男に変身したように見えたというところは信じてもらえない気がしたので言わずに問うと、ダリウスはビクッとして引き攣《つ》った顔で振り返り、

「……お、男が……？　い、いいえ、私はずっと寝ておりまして、たったいま起きたところで、なにも見ておりません……」

と息の上がったうわずった声で答える。

子供でもわかるような取り繕い方に、フィンは眉を寄せる。

もし不審な男が邸内に入ったと聞いたら、職務に忠実ないつものダリウスなら、フィンの身の安全を守りながら、不審者をすぐに探して捕えようとすると思う。

でもそうしないのは、きっとなにかを知っていて、隠しているからに違いない。

フィンは棒切れを捨てて中に入る。

「……ダリウス、ほんとに寝てたのか？　それにしてははあはあしてるし、汗ばんでるけど」

「……そ、それは、悪夢を見まして、寝汗をかいたものですから、着替えていただけで……」

「ふうん。じゃあ脱いでるついでに背中を見せてよ。蕁麻疹に薬塗ってあげるから」

間合いを詰めると、ダリウスはさらに焦った様子で顔と両手を振りながら後ずさる。

「い、いえ、お心遣いに感謝いたしますが、本日はなんとか自分で塗れましたので結構です」

「へえ、なんとかすれば自分で塗れるんだ。じゃあなんでリーズに毎回頼むんだよ。やっぱり皮膚病なんかじゃなく密会なんだろ⁉」

もう不審者や一角獣のことよりそっちに気を取られて糾弾《きゅうだん》すると、ぐっと歯を食いしばったダリウスが我慢できないように叫んだ。

「違います！　密会などではありません！　あなたのお身体によかれと、薬を用意していただけです！　リーズはただの幼馴染で、私が愛する御方は最初からあなたひとりだけです……！」

聞き間違えようのないほどの声で叫ばれ、フィンは目を瞠って立ち尽くす。

ずっと言ってほしかった言葉をもらえて感激する気持ちが、「薬の用意」というよく意味がわからない言葉で水を差される。

リーズとふたりで夜中に裸で用意する薬って、なにかいかがわしい体液でも飲まされていたんだろうか、とフィンは眉を顰《ひそ》め、ダリウスを見上げる。

「ダリウス、『薬の用意』って、なんのこと……？　また蕁麻疹みたいな嘘で濁《にご》すんじゃなくて、本当のことを教えてくれ。ダリウスが本当のことを話してくれたら、僕はどんなことでも信じるから」

フィンは本心からそう告げた。

自分ひとりだけを愛していると言われて、自信過剰じゃなく、絶対そうだと思ってた、とすんなり信じられた。

十年前からずっと自分はダリウスに一心《いっしん》に愛されていると感じてきた。だから、状況証拠的にリーズとの密会としか思えない行為を繰り返され、裏切られた気がして辛《つら》かったし、そんなことをする人じゃないと思いたかった。

いままで真実を告げられなかった事情があるとしても、ちゃんとした理由があるなら信じるから聞かせてほしい、と目で懇願《こんがん》する。

ダリウスは葛藤《かっとう》するようにしばらく逡巡《しゅんじゅん》していたが、やがて心を決めたようにこくりと頷いた。

卒倒《そっとう》されてはいけないので、とベッドに座らされ、ダリウスは床に片膝をついてフィンを見上げた。

「……フィンレー様、いまからお話しすることは他言無用にしていただきたいのです。……もし最後までお聞きになり、私を受け入れることはできないとお思いになっても、私が姿を消した後も秘密については口外《こうがい》しないとお約束していただけますか……？」

「え……」

大仰《おおぎょう》な前置きに、フィンは戸惑う。

どんな秘密を告げられるのかと怯《ひる》んだが、それより聞き捨てならない言葉にフィンはキッとダリウスを見据《みす》える。

「……言うなというなら言わないけど、どんな理由があっても僕の前から絶対消えたりしちゃダメだ。リーズと不倫してることと既に田舎に妻子がいることより嫌なことなんてないから、それ以外ならきっとなんでも大丈夫だし、安心して話してくれ」

覚悟はできている、と表情で伝えると、ダリウスは「隠し子などおりませんよ」とすこし笑みを見せ、言葉を探すような間をあけてから話しだした。

「……実は、十年前と、昨夜と、さきほど庭でフィンレー様がご覧になった一角獣は、私なのです」

「……」

それ、さっきもエリアルに同じこと言われた、と既視感に一瞬反応が遅れる。

ただダリウスは「なんてね」とは言わず、不安げな瞳でフィンを見上げてきた。

その藍色の目には見覚えがあった。

あの子の目と同じだし、一角獣と一緒にいたときに何度もダリウスみたいだと思ったことを思い出す。

それに一角獣と会う場所のそばにはいつもダリウスがいたし、一角獣が変身した男が逃げ込んだ辺りにダリウスしかいなかったことからも、どんなに非科学的でも、あの一角獣はダリウスなのかもしれないと思えた。

フィンはダリウスの目を見ながらこくりと頷いた。

「……わかった、それは本当だって信じるよ。……でも、どうしてそうなるの……？　もしかして、秘密の研究所で掛け合わせの実験をされちゃったとか……？」

大前提を受け入れたら、いろいろ興味を惹《ひ》かれて詳しく事情を知りたがると、ダリウスはすこし意外そうに目を見開き、くすりと微笑んだ。

「……いえ、生まれつきそうなのです。『半獣《はんじゅう》』という種族なのですが、十年前にフィンレー様にもご一緒していただいた私の故郷は、半獣ばかりが住む村なのです」

「え……、みんな一角獣になるの？」

「いえ、それぞれ違います。ちなみに私の父はヒグマで、母が一角獣になります」

「へえ……」

昔連れていってもらったときは子供だったので記憶もおぼろげだが、どっしり大柄な男性と、キリッとした目の女性にいろいろ食べさせてもらってちやほやされたことを思い出す。

あの人たちもそうだったのか、と驚いているとダリウスが続けた。

「それからリーズも猫に変わる半獣です。先日、フィンレー様がリーズから預かって遊ばれた猫はリーズ本人です」

「ええっ！　あの『美人さん』がリーズ⁉」

リーズも半獣だったなんて夢にも思わなかった。

そういえば『同郷』と聞いてるけど、と唖然としながら思ったとき、

「そしてヒューバートさんもアライグマに変わる半獣です」

と続けられ、「嘘……！」とさらに仰天《ぎょうてん》する。

そんなに周りに大勢半獣がいたとは、とフィンはあんぐりする。

全然気づかなかったが、言われてみると、ヒューバートの綺麗好きはアライグマだからかも、と思っていると、ダリウスが言葉を継いだ。

「半獣はあまり人間と関わらないように村から出ずに暮らす者が多いのですが、私はヒューバートさんにお声をかけていただき、初めて人間の世界に足を踏み入れた日に、あなたに出会

いました」

膝の上に乗せたフィンの手を取って大事そうに撫でながら、

「七歳のあなたにひと目で心を奪われて、この方のためにできることはなんでもしようと思いました。お元気になっていただきたくて、一角獣の角は万病《まんびょう》に効くと言われているので、粉末にしてすこしずつ飲み物に混ぜていました。……勝手に角を飲まされていたなんて気味が悪いと思われたら、恐縮なのですが……」

とまたすこし不安そうに見上げてくる。

フィンは昔触らせてもらった銀色の角を思い浮かべ、あの綺麗な角の粉末なら粉砂糖みたいで違和感はないし、ダリウスが自分のために文字通り身を削《けず》ってくれたことを嬉しく思った。

「ダリウス、角のことは知らなかったけど、おまえが作ってくれるホットミルクは美味《おい》しくて変な味はしなかったし、気味が悪いなんて全然思わないよ。ダリウスに出会ってからどんどん体調がよくなったっていう実感もあるし、きっと心のこもった看病だけじゃなくて、角のおかげもあるだろうから、むしろ感謝しかないよ」

そう笑みかけると、ダリウスは不安げだった瞳に喜色《きしょく》を浮かべた。

「ありがとうございます。そう言っていただけて安堵いたしました。角は爪のように毎日少しずつ伸びるのですが、とても硬くて、自分でナイフを置いて削ろうにもうまくできず、リーズに頼んでいたのです。女性の半獣の変身は正午から三時間で、夜は人の姿なので、深夜に部屋に来てもらっていました。五年前にフィンレー様がご覧になったのは、三時近くなってもリーズが来てくれず、一角獣の姿で廊下を通るのは憚《はばか》られ、庭からリーズの部屋に起こしに行った時のことだと思います。でも間に合わずに人に戻ってしまい、『なぜ来てくれなかったのか』と口論《こうろん》していたところを目にされたのかと。変身するときは服を脱ぐので、戻るときも裸なものですから」

「……そうだったんだ……」

それなら庭に裸でふたりでいたことも辻褄《つじつま》が合う。

たしかにあの夜のふたりは裸でも全然密会らしくなかったし、エリアルに「不倫に間違いない」と断言されなければ、誤解しなかったかもしれない。

それに女の半獣は昼に変身すると聞いて、リーズが貧血を理由に毎日部屋に籠《こも》るのは、本当は猫になっていたからなのか、とやっとわかった。

「あれ、じゃあ、お父様はリーズが半獣って知ってるのかな」

父からそんな話を聞いたことがないので確かめると、ダリウスは飴《あめ》と思って口に入れたものが石だったような顔で首を振った。

「いえ、まだご存知ではありません。旦那様のお仕事や社交に同行される場合も、正午から三時を避けてもらうなどして誤魔化しているようですが、いつまでもつか……」

本来、半獣は人間と恋愛や結婚をしてはいけない掟《おきて》があるのです、と続けられ、フィンは

「ええっ！」と声を上げる。

そんな掟があるなんて今更言われても困る。

お互い昨日今日恋に落ちたわけじゃなく、十年も恋し続けてきて、やっとそれがわかった幸せの絶頂なのに、掟だから諦めろなんて言われてもできるわけがない。

フィンはキッとブランベリー家の次期当主らしい毅然《きぜん》とした表情を作り、自分の前に跪《ひざまず》く恋人に命じた。

「ダリウス、その半獣の掟に従うことは僕が許さない。おまえが従うべきは僕の言葉だけだ。僕はおまえが毎晩一角獣になっても構わないし、どちらのダリウスも愛すると誓う。だから、これからも一生僕のそばから離れるな」

「……」

ダリウスは言葉で即答してはくれなかった。

でも瞳にははっきり歓喜と受諾《じゅだく》が浮かんでいたから、フィンは満足して微笑み、一角獣の鼻《はな》面《づら》に口づけたようにダリウスの唇にそっと唇を寄せた。

＊＊＊

「……フィンレー様、本当によろしいのですか……？」

「……う、うん……、だって、明日お父様とリーズが来ちゃったら、こんなこと落ち着いてできないだろうし……」

ダリウスのベッドに重なりあいながら、小声で囁きあう。

さっき、初めて人の姿のダリウスに口づけたら、嬉しくて幸せで、お互いになかなか唇を離せず、何度も息を継ぎながら啄《ついば》み合った。

そのうち濡れた唇の間からダリウスが舌をそっと忍ばせてきて、びくっと震えながらもフィンも懸命に絡《から》め返した。

初めての大人のキスに頭がクラクラしたが、唇を離して、床に片膝を立てたダリウスの脚の間の膨《ふく》らみに気づいたらもっとクラクラした。

でもきっとダリウスのことだから、恋人になっても自分を「大切にすべき幼い主《あるじ》」として扱いそうで、こんなに屹立《きつりつ》させていても我慢して、もっと大人になるまで手出しをしてこないような気がした。

まだ自分も心積もりができているわけではないが、もし成人するまで待たれでもして、その間にジューンみたいなメイドに迫られて浮気されたら嫌だし、誰とも交際経験がないというダリウスの初めての体験は自分としてほしかった。

フィンはしばし迷ってから、おずおずと切り出した。

「……あの、ダリウス、前に一角獣のことを本で読んだら、一角獣は純潔《じゅんけつ》の象徴で、穢《けが》れのない処女にしか心を開かないって書いてあったんだけど……一応僕も、女じゃないけど、穢れのない身体だし……、ダリウスにならい、穢されてもいいよ……？」

普通に「抱いてほしい」と言うのが恥ずかしくて婉曲《えんきょく》に言おうとしたら、もっと恥ずかしい言い方になってしまった。

かぁっと赤面して目を逸《そ》らすと、ダリウスの喉《のど》でごくっと大きな音が鳴る。

「……し、失礼いたしました。喉が勝手に……その、お申し出は大変ありがたいのですが、まだ想いが通じあったばかりですし、フィンレー様は十七歳ですし……、それに私のものは馬並みと申しますか、とてもフィンレー様の細腰には似つかわしくない大きさで、一生プラトニックでも構わないくらいの気持ちでおりまして……もちろんフィンレー様にご奉仕する分には全身全霊を込めて尽くさせていただきますが、とにもかくにも二十歳になるまでは……！」

動揺も露《あら》わにまくしたてられ、なんだかちょっとおかしくて笑ってしまう。

自分のことを熱愛して大事にしてくれるのは嬉しいけれど、大事に思うあまり手も出してくれないのは本末転倒だと思った。

まだ子供だと思っているのなら、そうでもないと示さなきゃ、とフィンは勇気を出して、そろりと右足を動かす。

相手の前立てを突き上げている部分を爪先《つまさき》でつつき、はっと息を止めるダリウスを見おろす。

「僕がいいと言っている。お父様たちもいないし、おまえのここもこんなだし、両想いなんだから、いますぐでもいいじゃないか」

軽く揉《も》むようにつつくと、ぐっと押し返すようにさらに大きくなり、フィンはもっと強く足を押しつける。

「それにおまえは自分ばかり僕に奉仕する気でいるみたいだけど、僕だっておまえにいろいろしてやりたいよ。おまえはお世話係だけど、恋人なんだから、ふたりで愛し合いたい。……エリアルから男同士の行為のことも聞いたことあるから、すこしはわかるし」

硬い剛直《ごうちょく》を足の裏でこねまわしてダリウスを呻《うめ》かせたとき、フィンは自分の言葉で物置に閉じ込めっぱなしの親友のことを思い出してハッとした。

「……エリアルのこと、忘れてた……！」

フィンが足を離して急いで立ち上がりかけると、ダリウスがはっしと裾《すそ》を摑んで引き止めた。

「お待ちを。朝になったら私が開けに行きますから、あやつはそれまで放置で結構です。フィンレー様は『たいしたことはされてない』とおっしゃいますが、押し倒してキスを迫るなど言語道断、許されまじきたいしたことです。二度としないように厳重に懲《こ》らしめなくては」

「……」

そこまで怒らなくても、と思ったが、エリアルが自分をミスリードしてきた数々の言葉を思い出し、もし十二歳のときにエリアルにあんな風に言われなければ誤解もせず、すぐにダリウスに事実を訊ねて不倫ではないと信じられただろうし、五年もすれ違わずに済んだと思うと、罰としてあと二、三時間くらい物置にいてもらおうか、とフィンも頷く。

気を取り直してもう一度フィンから口づけると、もうダリウスは自制するのをやめ、フィンをすくいあげるようにベッドに横たえて上に跨《また》がってきた。

本当にいいのかと確かめられ、期待と不安と緊張に鼓動を乱しながら頷く。

ダリウスはフィンの寝間着を丁寧に脱がせて全裸にすると、跨ったまま身を起こした。

感に堪《た》えない眼差しで隈《くま》なく身体を眺め、

「……あのお小さかったフィンレー様が、こんなにお美しくお育ちに……」

と感涙《かんるい》に目を潤《うる》ませる。

凝視《ぎょうし》されて恥ずかしいのに、視線が這い回ると直《じか》に触れられたみたいに興奮して、足の間が擡《もた》げてくる。

「……いま子供の頃のことなんか思い出さなくていいよ。いまから『綺麗だ』とかいちいち感想は言わなくていいから、黙ってやって」

先回りして禁じておかないと『ここがこんなに美しい』などと絶賛しかねないので、照れくさくて事に集中できないし、感嘆《かんたん》してばかりで先に進まないような気がする。

相手の視線が芯を持つ性器に注がれたのに気づき、すこし腰を浮かせて、ちゃんと大人でもう子供じゃないと見せつける。

「子供の頃からおまえを好きだったけど、いまはこんな風になるほど好きだよ。僕も正直に全部晒《さら》すから、おまえも僕にしたいことを遠慮なく全部したらいい」

自分の快楽を後回しにして奉仕しそうな相手に、なんでもしていいと許可を与えると、ダリウスの目が雄《おす》っぽく野性味を帯《お》びた。

ダリウスはまだ穿いたままだった下衣を脱ぎながら、たまらないように唇を塞《ふさ》いでくる。

「んっ、ンンッ、ふっ、うぅんっ」

それまで紳士的にしか触れられたことがなかったから、大きな身体で潰《つぶ》されそうに掻《か》き抱かれるのが新鮮で興奮した。

最初から深く舌を絡ませあい、下も硬い性器を擦《こす》りつけられ、気持ちよくて頭がどうにかなりそうだった。

口では余裕ぶってても初めての刺激にフィンはひとたまりもなく爆《は》ぜてしまう。

ピュッと胸や腹に散らした白濁《はくだく》を、ダリウスは貴重なもののようにすべて舐《な》めとる。

余さず綺麗にしたあとも胸元に舌が這い回り、射精の興奮に尖る乳首を甘く嚙まれ、「あんっ」と思わず高い声を上げてしまう。

「……お嫌でしたか……？」

「……う、ううん、きもちい……アッ、んん」

素直に答えると、ジュッと吸い上げるようにしゃぶりつかれ、反対側の乳首も指で捏《こ》ねられ、どうしてこんなところが、と思うほどの快感に乱される。

乳首だけでなく、首筋から爪先までダリウスの舌と唇が触れなかった場所はなく、特に性器と後孔《こうこう》は時間をかけて丹念に舐められた。

「あぁっ、んぁっ、ダ、ダリウ……ひぁあっ」

四つん這《ば》いで高くあげさせられた腰に顔を埋《うず》められ、卑猥《ひわい》な舌遣いで奥を責められる。

自分まで半獣になったような行為もポーズもひどく恥ずかしかったが、自分が好きにしていいと許可してしまったし、普段抑制的な相手が夢中ではしたないことをするのが意外で、余計昂ぶってしまう。

舌でたっぷり濡らされたあと、ラベンダーの香りを纏《まと》ったぬめる指を入れられる。

よく部屋に撒いている精油《せいゆ》をこんなことに使われたら、このさきこの香りを嗅ぐたび思い出しちゃうじゃないか、と思ったが、中を拡げる指の動きに気を取られて喘ぐことしかできなくなる。

おかしくなりそうに気持ちいい場所を執拗に指で穿たれ、反りかえる性器や嚢《ふくろ》を同時に揉みこまれ、フィンは髪を振り乱して悶える。

「やっ、もう、きもち…くて、変になるっ……！」

自分ひとりだけ変になるのは嫌だ、と涙目で振り返り、

「……ダ、ダリウス……、指、抜いて……」

と一緒に気持ち良くなりたくて訴える。

従ってくれたダリウスの怒張に片手を伸ばして後ろ手に握る。

「……これがいい……、これ挿れて……」

尖端を撫でながら見つめると、ダリウスはくっと奥歯を噛みしめ、

「……ですが、挿入はフィンレー様のお身体にご負担が……」

とこの期《ご》に及んでそんなことを言う。

思わず子供の頃みたいに『ダリウスが挿れてくれないほうが具合が悪くなるの！』とわめきたくなったが、色気に欠けるので思いとどまる。

フィンは握ったものに自分から尻を近づけ、

「……何度も言わせるな。ふたりで愛し合いたいって言っただろ。だから早く……！」

ぐっと孔《あな》に濡れた尖端を押しつけると、低く呻いたダリウスが腰を突き上げてきた。

「あ、あぁぁ……っ」

ずぶずぶと太くて熱いもので狭い場所を拓《ひら》かれ、あまりの大きさに身が竦む。

気遣う動きで中程まで埋め込まれ、

「……フィンレー様、ここまでなら、大丈夫でしょうか……?」

と荒い息を必死に堪えるように問われ、フィンも息も絶え絶えになりながら首を振る。

「……ここまでじゃダメだ……、もっと、挿れていい。ちゃんと、おまえと全部、繋がりたい……」

この世で一番好きな相手と隙間なくひとつになりたくて、喘ぎながらねだる。

腰を掴む相手の手にさらに力がこもり、

「……フィンレー様がこんなに誘い上手だったとは、夢にも思いませんでした……」

と呻くように呟かれる。

だって、自分から言わないと遠慮してなにもしないと思ったから、と胸の中で言い訳する。でも、半分一角獣だから、もしかしたらもっと穢れない乙女らしい清純な振る舞いのほうが好みだったのかも、と焦り、

「……僕から誘うの、好みじゃなかった……?」

と小声で問うと、ダリウスは小さく笑んで首を振る。

「いえ、ベッドであなたにああしろこうしろと言われるのが、とても好きだとわかりました」

フィンはかぁっと顔を赤らめ、照れ隠しに偉そうな表情を作る。

「じゃあ、言うとおりに奥まで挿《い》れて。あとさっき指で弄《いじ》ったところもいっぱい突いて。あとベッドでは『フィンレー様』じゃなく『フィン』って呼んで」

お望みどおりああしろこうしろと命じると、ダリウスもフィンの望みを望んだ以上に叶えてくれた。

「アッ、はぁっ、うんん、あぅ、ん……！」

ダリウスの熱い剛直を何度も奥まで突き込まれ、襞《ひだ》をめくりあげながら入口まで引き抜かれ、フィンはシーツを摑んで身悶《みもだ》える。

唾液《だえき》と精油といろんな汁で泡立つ孔《あな》を太いものが出入りするたび、ぐちゅ、ばちゅ、とはしたない音が鳴る。

ダリウスの体液で身体の外側も内側も濡らされているが、「穢された」なんてすこしも思わなかった。

裂けそうに拡《ひろ》げられ、臍《へそ》まで届きそうな長いもので串刺《くしざ》しにされて苦しいのに、中をダリウスでいっぱいにされるのが嬉しくて、フィンは身体が動くままに腰を揺らす。

「あっ、んあぁっ、ダリウ…、すご、いい、きもちいっ……あぁんっ……！」

「……あなたの中も……素晴らしすぎて……いま死んでも悔いはないほどです……」

腰の動きは野獣なのに、睦言《むつごと》は礼儀正しい相手を振り返って首を振り、

「……ダメだ、いま死ぬなんて……。死ぬのは、飽きるほど僕を抱いてからにしろ……」

喘《あえ》ぎながら命じると、汗のしたたる顔でダリウスが微笑む。

「では、私はなかなか死ねませんね。あなたを何度抱いても飽きることなどありえませんから」

その言葉を身をもって証明するかのように、ダリウスは朝までフィンを離さず、フィンのほうがいま死ぬかもしれないと思うほど愛された。

＊＊＊

翌朝、我に返って平身低頭《へいしんていとう》するダリウスを苦笑して許し、ふたりでエリアルを助けに行った。

小屋から出てきたエリアルは、一角獣の後ろ脚で蹴られた割には怪我もしておらず、ふたりを見比べるなり、「あぁー」と天を仰《あお》いだ。

「……僕をこんなところに閉じ込めてる間に、とうとうできちゃったんだね。そういう勘には自信あるから、誤魔化さなくていいよ。……はあ……、がっかりだ」

なにも言っていないのにひと目で見抜かれてしまい、フィンは赤面する。

ダリウスは余裕の笑みを浮かべ、慇懃《いんぎん》に言った。

「さすがエリアル様、おっしゃるとおりです。今後フィンレー様にご友人以上のお振る舞いは決してなさいませんように。……それと、昨夜一角獣のようなものをご覧になったかと思いますが、あれは湖の近くに観光用の馬車や馬を提供する店があり、白馬に偽物の角をつけて一角獣のように見せかけているものだそうです。そのうちの一頭が逃げ出し、今朝見つかったと連絡がありました」

フィンは「え？」と驚いてダリウスを見上げ、はっと気づいて急いで話を合わせる。

「そ、そうなんだ。ただの白馬だったんだ。僕、本物かと思っちゃった。よくできた角だったから」

自分は秘密を決して誰にも漏らさないが、エリアルにも一角獣のことを詮索《せんさく》したり、よそで吹聴《ふいちょう》したりしないようにふたりで小芝居する。

朝食後、エリアルを駅まで送りに行った。

まだ居てもいいよ、とフィンは言ったが、「やめとくよ、世話係の目が怖いし、僕は君と違って、成功率の低い恋はすぐ諦めるほうだから」

と肩を竦《すく》め、すこしだけ残念そうにフィンを見てから、笑って手を振りながら駅舎に入っていった。

車で別荘に戻る道すがら、

「……ねえ、エリアルが昔ホテルで青い鳥が女性に変わるのを見たって言ってたんだけど、それも半獣だったのかな」

とふと思い出してダリウスに聞いてみる。

「そうですね。私たちのように長くこちらで暮らすのではなく、短期間旅行に来る半獣もいるので、ホテルで見たなら、たぶんそうかと。極力見られてはいけないのですが、ちらっと見られたくらいなら、気のせいだと思ってもらえると油断して注意を怠《おこた》ったのかと」

ふうん、と頷き、じゃあ今度から街中を注意深く観察して、あちこちに紛《まぎ》れてるかもしれない半獣を探してみようかな、と楽しみになる。

夕方過ぎに父と一緒に来るリーズにも、もう秘密を知ってるから、今度変身したときには隠れないでまた一緒に遊ばせて、と伝えたい。

その前に、いままで誤解してひどい態度だったことを謝らないといけない。

この前、せっかく作ってくれたブラウニーを意地を張って食べなかったから、あとでリーズとダリウスと三人で作り直して一緒に食べながら仲直りしたいな、とフィンは思う。

真相を打ち明けてもらえて、リーズが偽《いつわ》りの演技じゃなく父のことも自分のことも心から愛してくれているとまた信じることができて、本当によかった。

そしてもうひとり、自分を心から愛してくれる最愛の恋人に目を向け、

「ねえ、ダリウス、今夜一角獣に変身するところ、見ててもいい？」

とわくわくしてねだると、

「深夜ですので、世話係としてはその時間はきちんと寝《やす》んでいただきたいのですが」

と真面目に言われてしまう。

「だって僕、あの子も大好きなんだよ」

頭では同一人物だとわかっているが、まだ人の姿のダリウスと一角獣が別々の存在のように思えて、

「昨日まであの子のこと、もし僕の家で飼えたらいいなって思ってて、名前もつけようと思ってたくらいなんだよ。……『ダリウス』のダリをとって『ダーリン』とかどうかな。あの一角獣は優しくて、僕の危機に駆けつけてくれるスーパーダーリンだから」

と笑みかけると、ダリウスも笑みを浮かべ、

「その呼び名は一角獣のときではなく、この姿の私に呼びかけていただければ大変光栄に存じます」

と礼儀正しく要求した。

天使の秘め事

tenshino himegoto

「……ねえダリウス、僕もなにか手伝うよ。レタスを千切《ちぎ》るとか、ドレッシングを混ぜるとか、簡単なことならできるし」

別荘の台所に元々あった木のスツールではなく、別室からダリウスが運んできた揺り椅子に掛け、フィンは調理中の背中に声をかける。

もうすぐ遅れて合流することになっている両親が到着する時刻で、滞在中の家政を任されているダリウスは夕食の準備に追われている。

いつもなら何事も早めにとりかかるダリウスを、今日は自分が大幅に邪魔した自覚があるので、罪滅ぼしに手伝いを申し出ると、

「いえ、お気遣いはありがたいですが、それはもう済んでおりますので、どうぞフィンレー様はそのままお掛けになってご休息を」

と調理台のほうを向いたまま即答される。

四ツ口のコンロにそれぞれ違う鍋やフライパンを乗せ、まるで東洋の仏教美術の腕が何本もついている木像のように手を動かしている後ろ姿に、

「じゃあ、レタスのほかにはなにかない？　もうだいぶ休んだし、ダリウスだって、ほんとは猫の手も借りたいくらいだろう？　ひとりで焦《あせ》りながらやってると、うっかり指を切ったり、鍋をひっくり返して火傷《けやど》したりするといけないし、僕にもなにか手伝わせてよ」

と重ねて申し出る。

ダリウスは一瞬ちらりとこちらを振り返り、

「いえ、ご心配には及びません。むしろフィンレー様にお手伝いいただくほうが、お手元が気になって却《かえ》って自分の作業が滞《とどこお》りますので、お気持ちだけいただきます」

とあっさり戦力外通告してすぐさま調理台に向き直ってしまう。

こんな離れた場所から背中を眺めるより、隣に並んで横顔を見ながら一緒にやりたかったのに、とフィンは軽く口を尖《とが》らせる。

「……僕だってすこしは役に立てると思うんだけど。……じゃあ、もしお父様たちが到着するまでに支度が間に合わなかったら、僕がうまく言い訳してあげる。お父様はたぶんそんな風には言わないだろうけど、『到着の予定時刻は伝えておいたはずなのに、用意が整っていないなんて、ダリウスらしくないね。一体いままでなにをしていたんだい？』って追及してきたら、『お父様、ダリウスは専属のシェフではなく僕の世話係なので、本業が忙しかったんです』とか、『僕とダリウスは長いこと誤解で仲たがいしていましたが、ようやく誤解が解けて仲直りしたので、五年分の空白をじっくり埋《う》めていたんです』とか言えば、お父様は『そうなのかい、それはよかったね』って喜んでくれると思うんだ」

具体的になにをじっくりしていたかまでは、ちょっと言えないけど、と悪戯《いたずら》っぽく付け足すと、ダリウスは味見していたブイヨンスープを小皿からブッと噴き、

「ゴホゴホッ……フィンレー様、突然心臓に悪いお言葉で、心理的圧力をかけるのは、お控え

いただけないでしょうか……」

ともろに気管に入ってしまったらしく、激しく噎《む》せこみながら窘《たしな》められる。

ちょっとからかうだけのつもりが結構な惨事《さんじ》にしてしまい、「……ごめん、もう静かにしてる」と唇の端から端まで指で閉じる仕草をし、大人しくダリウス鑑賞に励《はげ》むことにする。

子供の頃から、ダリウスが仕事をする姿を眺めるのが好きだった。

道具を大事に扱い、所作も丁寧なので、雑用をしていても素敵なことをしているように見えて見飽きなかった。

誤解でこじれていた不幸な五年間は意地になって視界から排除しようと努め、できずに目で追ってしまい、自分を叱咤《しった》する日々だったが、もうこれからは思う存分ダリウスを見つめられると思うと嬉しくてたまらない。

調理をするときは、ダリウスはお仕着せの上着を脱ぎ、シャツとベストの上に白いエプロンをつける。肘《ひじ》まで袖《そで》をまくった後ろ姿に見惚《みと》れていると、ふと昔お揃いの小さなエプロンをつけてもらい、一緒にお菓子づくりを手伝った思い出が蘇《よみがえ》る。

すべてお膳立《ぜんだ》てされた生地《きじ》にバニラの香料を数滴入れたり、仕上げに粉砂糖やココアパウダーをふりかけたり、飾りのアラザンを乗せたりするだけで、実質ただの味見要員でダリウスの手間を増やしていただけだと思うが、自分としては出来栄《ば》えを左右する重要な任務を担《にな》っている気でいたし、ダリウスと一緒に焼いた菓子の甘さや優しい時間はこじれている間もひそかに思い返していた大切な記憶だった。

無邪気な思い出に浸《ひた》りながら相手の背中を見つめていると、ついエプロンの合わせ目から覗くキュッと張りのある臀部《でんぶ》や、トラウザーズに包まれた長い脚に視線が流れ、思わず最前までベッドで一糸《いっし》まとわぬ姿だった相手の残像が重なる。

フィンはさりげなく視線を外し、表情は変えずに頬だけほんのり赤らめる。

もうじきお父様たちが来るのに、いつまでも不埒《ふらち》な気分を引きずっていたら、きっと様子がおかしいと怪しまれてしまうかもしれないから、気をつけないと……。

……でも、いくらさっきまでしていた行為の余韻《よいん》が身体中に残っているとはいえ、きちんと服を着て普通に料理を作っているダリウスを見ただけで、すぐに不健全な方向に考えが行ってしまうなんて、頭がどうにかしてしまったのかもしれない。

昨日までは、自分はもっと潔癖な人間で、性的なことに関心が薄いタイプだと思っていたのに、昨夜《ゆうべ》初めて結ばれたときも、今日二度目にいたしたときも、自分のほうがよっぽど積極的に求めてしまった気がするし、もしかしたら根が淫乱な質《たち》だったんだろうか……、とフィンは内心うろたえる。

……いや、違う、これは自分のせいじゃなく、ダリウスが悪いんだ。自《みずか》ら望んで淫乱になっているわけじゃなく、ダリウスが過保護な世話係の枷《かせ》に囚《とら》われて妙に及び腰だから、仕方なくこちらから強く要求する態《てい》になってしまうだけだ。

ダリウスだってちゃんと発情しているんだから、ベッドでは本能のまま求めてくれればいいのに、余計な気遣いばかりして素直にがっつかないから、今日だって心ならずもあんな恥ずかしい真似をする羽目に……、とフィンは赤い顔で弱腰の恋人の背を睨《にら》む。

今日の午前中、エリアルを駅まで送って戻ってきたあと、フィンはダリウスに自分の寝室に来てほしいと小声で誘った。

昨夜初めて身を繋《つな》げてみて、想像以上に恥ずかしくて苦しかったけれど、どれほど想われているかを直《じか》に実感でき、その喜びと興奮をまた味わってみたかった。

ふつう昼日中に寝室に呼びつけたら、言葉にしなくても意図を察してくれると思ったのに、

「昨夜からあまりお寝《やす》みになれていませんし、お見送りに行かれてお疲れでしょうから、すこし午睡《ごすい》をされたほうがいいですね」

とカーテンを引いたり、ブランケットをめくったりして寝る仕度をされてしまい、「……昼寝じゃなくて、また昨夜みたいにおまえに抱いてほしいんだ」と直接口に出して言わなくてはならなくなった。

せっかくふたりだけで邪魔者もいないのに、昼寝より有意義なことをしなくてどうする、と思いながら見上げると、ダリウスは赤面して、

「……それは、もちろん『はい』とお答えしたいところですが、昨夜も初めてのフィンレー様に長時間いたしてしまいましたし、また続けて今日も、となりますとフィンレー様のお身体が

心配です。それに夕刻には旦那様と奥方様がお見えになりますし……」

とためらわれてしまい、フィンは眉を顰《ひそ》めて唇を曲げる。

昨夜も最中に「挿《い》れる・挿れない」で同じようなやりとりをしたが、またこっちから命じないとだめなのか、と肩を落としたくなる。

フィンは長身の恋人の瞳をじっと見据《みす》えながら、その場で着ているものを一枚ずつ脱ぎ、カーテンから射《さ》す白い光の中に裸身を晒す。

「身体の心配は自分でするから、おまえは僕が『抱け』と言ったら、抱けばいいんだ。五年間、触れたくても触れずに我慢した分を取り戻すのは僕の当然の権利だ。おまえにいますぐ触れたいし、僕にも触れてほしい。ここまでさせて、僕に恥をかかせるな。お父様たちが来るまでまだ時間はあるし、早くおまえも脱いで、ここに来い」

主《あるじ》の顔で告げてから、フィンはベッドに両膝で乗り上げ、昨夜初めて受け入れたときと同じ四つん這《ば》いの姿勢を取る。

本当は命令口調じゃなく、もっと可愛げのある言い方をしたいし、こんな破廉恥《はれんち》な真似をしなくてもすんなり抱いてほしいのに、と羞恥《しゅうち》を押し隠しながら、早くその気になるように尻を高く上げて振り向くと、真っ赤になったダリウスの喉仏《のどぼとけ》が上下する。

「……フィンレー様……、では、そのまえにお身体をすこし拝見させていただいても……？」

声を上ずらせながら近づき、ダリウスはフィンの奥まった場所を覗き込み、傷になったりしていないか確かめた。

そこは昨夜繰り返し出し入れされたせいでいまも熱く熱を持ち、まだ太いものが挟まっているような感覚が続いていた。

ダリウスしか知らないので比較のしようがないが、半分一角獣《いっかくじゅう》のダリウスのものは人型でも相当に巨《おお》きく、受け入れた場所がまだじんじんして赤く腫《は》れぼったくなっており、

「……フィンレー様、また挿入して擦《こす》ると、きっともっと痛んでしまいますから、今日はフィンレー様が気持ちよくなることだけをいたしましょう」

と優しく仰向《あおむ》けにされた。

すこしくらい痛んでも構わないのに、と思ったが、全裸になったダリウスに肌を合わせて抱きしめられ、まるで等身大の甘いヌガーにでもなったような気分になるほど優しく全身を舐《な》めまわされると、意味のある言葉は吐けなくなる。

濡れた舌と指先が身体中を旅するように這いまわり、まさぐられ、体表《たいひょう》のあちこちに快楽の種を埋《う》め込まれる。

それまで自分で触れてもなんともなかった場所を、ダリウスの指で触れられると震えが走るほど感じる場所に育ててあげられる。

赤くなった後孔《こうこう》もそっと癒《いや》すように舌で辿《たど》られ、挿入の意図ではなくとも力加減で濡れた舌先がかすかに内側に潜《もぐ》りかけるたび、腰が震えて前から透明な雫《しずく》がぽたぽた零《こぼ》れ落ちた。

頭の中が真っ白に霞《かす》むほどひたすら崇《あが》めるように愛撫され、ダリウスの掌《てのひら》や口の中で幾度も極め、火にくべたマシュマロみたいに熱く蕩《とろ》けて呆《ほう》けていたとき、

「……フィンレー様、そろそろ旦那様たちをお迎えするお仕度を始めなければなりませんので、フィンレー様はしばしこのままお休みください」

とダリウスが額に口づけて身を起こそうとした。

その途端、フィンはハッと目を開け、ダリウスを引き留めた。

「待って、もうすこしだけ……、だって、僕ばっかり悦《よ》くしてもらったから、次はおまえの番だし」

これが最後の逢瀬《おうせ》というわけでもないのに、終わりと言われたら急に離れがたくなる。フィンはダリウスの長い性器に手を伸ばし、断られないように急いで顔を寄せて舌を絡《から》めてしゃぶりついた。

自分が相手に望むのは主に尽くすだけの性奴《せいど》ではなく、対等な恋人なんだと伝えたくて、フィンは懸命に唇で奉仕する。

口淫《こういん》は初めてだったし、大きすぎてうまく奥まで咥《くわ》えられなかったが、拙《つたな》い舌技《ぜつぎ》でもダリウスはちゃんと感じてくれ、堪《こら》え切れない呻《うめ》きとともに口から溢れるほどたっぷり精を吐いた。

たぶん自分だけじゃなく相手にも満足してもらえたと思うが、そんなことをしているうちに両親が来る時間まで猶予《ゆうよ》がなくなり、ダリウスが台所でおおわらわになっている現状に至って

いる。

もうダリウスはすっかり仕事モードに頭を切り替えているみたいだし、自分も父たちの前では情事など何も知らない数日前の息子の顔をしなければ、とフィンは気を引き締める。

今後の自分の人生にダリウスは不可欠の存在なので、いつか父の理解を得なければならないが、そのためには時間や準備が必要で、なんの策もないうちに父にバレて、万が一にも無理矢理引き離されたりするような事態は絶対に避けたい。

しばらくは節度を保ってダリウスに接して、夜も部屋に招いたりするのは控えたほうがいいかもしれない。性的な行為をしなくても、五年間のすれ違いに比べたら、ただ微笑《ほほえ》みあえるだけでも充分心充たされる。

それにダリウスも、十歳年上でも少年みたいに純情なところがあるし、半分聖なる一角獣だから、手塩にかけて清らかに育ててきた主が思いのほか淫乱に育ってしまって、こんなはずでは、と内心思っていたらまずいし、すこし自重《じちょう》したほうがいい気がする。

二日前までの純真だった自分を思い出そう、とフィンは揺り椅子に凭《もた》れて軽く揺らしながら、ダリウスと出会ってからの清く初々《ういうい》しい恋の記憶を反芻《はんすう》する。

楽しかったことも悲しかったことも思い出すまま振り返っていたら、たくさんの感情や伝えそこねた言葉が込み上げてきた。

すれ違っていた間、胸のうちとは反対の言葉を口に出したり、言わずに飲み込んだり、素直な気持ちは全部胸に閉じ込めて苦しんできた。

思い出とともに言いたかった言葉が次々出口を求めて胸に溢れ、しばし喉元で堰《せ》き止めてから、フィンは小さくダリウスに呼びかけた。

「……ねえダリウス、またちょっと話しかけて料理の邪魔してもいい？」

「前もって『邪魔する』と明言されると若干《じゃっかん》ご遠慮願いたい気もいたしますが、いまは噎せるようなことはしておりませんので、どうぞ」

笑みの混じる声で返事をされ、フィンも微笑して言葉を継いだ。

「あのね、またダリウスに『大好き』だけじゃなくて、『ありがとう』も『ごめんなさい』も昔みたいに素直に言えるようになって、すごく嬉しいんだ。ずっと誤解でダリウスに怒ってたとき、ひどいこともたくさん言ったし、大事にされても感謝も表せなくて、失礼な態度を取って本当に悪かったと思ってる。ほんとはそばにいてほしいのに、『触るな』とか『出て行け』とか辛く当たって、おまえも傷ついただろうけど、こんなこと言いたいわけじゃないのにって自分も傷ついてた。でももう心と裏腹なことは言わないし、『五年も悲しませたのに、嫌わずにいてくれてありがとう』も、『いつかお父様に「僕の最愛の人だ」ってちゃんと話すから、信じて待ってて』も、心に浮かんだことはみんなダリウスに伝えるからね。……それだけ。邪魔してごめん。もう黙るね」

本心からの言葉を告げて口を噤《つぐ》むと、ダリウスが噛みしめるような間をあけてから、

「……それは、まったく邪魔ではありませんので、お控えいただく必要はありませんし、できればもっとお聞かせいただきたいです」

とかすかに声を震わせながら言った。

自分の言葉で嬉し泣きするほど喜んでくれるのか、とフィンの胸も喜びで充たされる。

いままで優しいダリウスの心を棘《とげ》のある言葉で傷だらけにして悲しい顔をさせた分、これからは嬉し泣きや満面の笑顔になれるような言葉を惜しみなくプレゼントしよう、と心に決める。

早速有言実行《ゆうげんじっこう》し、

「ねえダリウス、僕がこの世で一番好きな人が、いますごくいい匂いがする料理を作っているんだけど、背中で隠れて手元がよく見えないんだ。その人に僕がなんて言いたいかわかる？」

「そうですね、『ちょっとフライパンを持ち上げて中身を見せてくれる？』でしょうか」

「ううん、『ダリウスが作るものならなんでも好きだって食べる前からわかってるから、別にメニューが見えなくてもいいし、お菓子だけじゃなくて、いつのまにか料理の腕も上げてて感心しちゃうし、掃除もアイロンがけも庭仕事もできて、医学もおさめてて、ハンサムで優しくて、やっぱり一角獣の姿じゃなくてもダリウスはスーパーダーリンだね』が正解」

「……それは、誉《ほ》めすぎで恐縮ですし、大変光栄ですが、『背中で料理が見えない』という前振りは不要なのでは」

「引っかけ問題なんだよ。ねえダリウス、僕がこの世で一番好きな人は、僕のことを好きかな？」

「……誰に訊くのかという愚問ですよ」

「わかってるけど聞きたいんだよ。ねえ、好き？」

「もちろんです」

「よかった。僕もだよ。……ねえ、じゃあ、愛してる？」

「……できれば調理中ではなくもっとロマンチックな状況で、背中越しではなく面と向かって言いたいのですが、もちろん愛しています」

「ありがとう、僕も愛してる。ダリウスがいないと『しんじゃう』くらい愛してる」

ときっと懐かしんでくれるに違いない喩《たと》えも使って愛を伝える。

内心照れくさいが、いままで傷つけるための言葉をわざと吐いていた胸の苦痛に比べたら、照れくさくても本心からの言葉を口に出すほうがずっと心地いいし、ダリウスの背中が浮かれたり、ドギマギする様子を見るのも心が弾《はず》む。

さらに甘い言葉を続けようとしたとき、外で車の停車する音がした。

「あっ、きっとお父様とリーズだ」

なんとかタイムリミットまでに料理もできたようなので、さすがダリウス、と笑顔で称《たた》え、フィンは揺り椅子から立ち上がる。

出迎えのためにエプロンを外して袖《そで》を直し、上着を着ながら台所を出るダリウスと並んで玄関に向かう。

が、夕闇が迫る玄関ポーチの先に停まった車は見慣れた父のものではなく、中から下りてきたのは郵便配達夫だった。

＊＊＊

「カイル・ブランベリー様からフィンレー・ブランベリー様宛と、リーズ・ブランベリー様からダリウス・レーン様宛に速達です」

本人たちではなく手紙が届いたことにふたりで顔を見合わせ、怪訝《けげん》な表情で礼を言って二通の封筒を受け取る。

元々仕事で遅れる予定だったので、さらに所用で遅れるという連絡だろうかと思いつつ封蝋《ふうろう》を剝《は》がすと、

『愛するフィンレー
そちらでは発作を起こさず夏休みを楽しめているかな？　私達も今日発《た》つつもりでいたんだが、実はリーズが身籠《みもご》ったことがわかったんだ。すこし体調が優《すぐ》れないようなので、私とリーズは今回は見あわせようと思う。だいぶ歳が離れてしまうけれど、弟か妹ができることをおまえも喜んでくれたらと願っている。急いで戻らなくてもいいから、そちらでゆっくり静養して

から帰っておいで。　父より』

と文章は落ち着いているが、手跡《しゅせき》から父の躍《おど》るような喜びが窺える手紙が入っていた。

リーズが貧血でか弱い体質だと信じこんでいる父は、新たに子を授《さず》からなくてもリーズとフィンがいれば充分だと日頃から言っていたが、やはり授かれば嬉しいらしい。

自分ももちろん歓迎するし、ふたりの子ならどちらに似ても美形で賢い子に違いない、とうっかり普通に考えてしまい、（ん……？）とフィンは動きを止める。

……待てよ、喜ぶのはまだ早いかも……。半獣《はんじゅう》のリーズと人間のお父様の子って、どういう子が生まれるんだろう……。

急いで目を上げると、ダリウスもリーズからの手紙をきつく握りながら固まっていた。

「……ダリウス、リーズに赤ちゃんができたって書いてあるんだけど、リーズの手紙もそのことだった……？」

ふたりだけなのについ声を潜《ひそ》めて確かめると、

「……はい。ついにこのときが来てしまったかという怖《おそ》れていた事態になってしまいました。人間と半獣間の受胎《じゅたい》は前例がないので、どうなるのか予測がつかないのです。ご結婚から長らくその兆候《ちょうこう》がなかったので、異種族間では難しいのかとヒューバートさんとも話していたのですが、こうなると新たな難題が……」

とダリウスが困惑しきった顔でフィンを見おろす。

やっぱりそんなにまずいの……？　と問うと、

「半獣同士の妊娠出産なら私にもある程度経過がわかるのですが、番《つがい》の相手が生粋《きっすい》の人間となると、文献にも見当たらず……、半獣同士の場合では、受胎すると番の獣種にかかわらず女性の獣種特有の妊娠経過を辿ります。猫の半獣の妊娠期間は二ヵ月で、もし相手が十三ヵ月身籠るシマウマの半獣だとしても、二ヵ月で生まれるのですが、もし旦那様との間にできたお子様も十月十日《とつきとおか》を待たず二ヵ月で産気《さんけ》づいたら、旦那様も周りの使用人たちも不審を抱くでしょう。それに、もし猫に変身する時間帯に分娩《ぶんべん》になれば、主治医や旦那様をどう誤魔化《ごまか》せばいいものか、リーズも途方に暮れているようで……」

とても誤魔化せそうにない想定を並べられ、フィンも言葉を失くす。

自分は母子共に無事に生まれてくれれば、男でも女でも、昼か夜に猫になる子でもきょうだいとして可愛がるつもりでいるが、何も知らない父に秘密を隠し通すべきか、早めに事実を伝えて理解を求めるべきなのか、でも打ち明けても円満に受容してもらえない可能性もないとは言えず、なにが最善策なのか判断が難しい。

しばらくふたり揃って黙りこくって考え込んでいたが、ここであれこれ悩んでいても仕方ない、とフィンは肚《はら》を括《くく》る。

「ダリウス、とりあえず家に帰ろう。手紙には急いで戻ってこなくていいと書いてあるけれど、リーズはきっと先行きを心配して心細い思いをしているはずだ。僕も半獣の秘密を共有する仲間としてそばで励《はげ》ましてあげたいし、一緒に対応策を考えたい。ダリウスとリーズとヒューバートの三人だけで悩むより、四人で相談したほうがいいアイディアが浮かぶかもしれないし」

いまのところなにも名案は浮かんでいないが、半獣のことをもっと教えてもらえれば、なにかひらめくかもしれない。

もしこんな事情でもなければ、両親のいないふたりだけの夏休みを三ヵ月満喫《まんきつ》してから帰りたい気もしたが、家でリーズが気を揉《も》みながら待っているのに、のんきにバカンスを愉《たの》しむわけにもいかずに帰宅を提案すると、ダリウスは小さく目を瞠《みは》り、フィンに頭を下げた。

「……ありがとうございます、そうおっしゃってくださって、リーズも喜ぶでしょう。こちらに来て数日でとんぼがえりすることになってしまい、大変恐縮なのですが、リーズも『手紙では込み入った相談ができないから、できるだけ早く戻ってきて』とのことで……。無事切り抜けられるか悩ましい事態ですが、フィンレー様がお味方になってくださったことは、私達にとってどれほど心強いかしれません」

顔を上げたダリウスにフィンは決意を込めて頷く。

「僕にできることはなんでもするから。ダリウスはもちろん、リーズもヒューバートも、みんな僕の大切な人だから、ずっとそばにいてもらいたいんだ。万が一お父様が半獣の秘密を知って、ショックを受けてみんなを追い出そうとしたりしたら、なんとしても僕が守るから」

昔からどうしても譲れない願い事は父が根負けするまで諦めずに言い張って叶えてきた実績

がある。

強気で言い切ったフィンに、ダリウスは感涙《かんるい》を堪《こら》えるように唇を引き結び、

「……頼もしいお言葉、痛み入ります」

ともう一度深く頭を下げた。

すぐに帰宅の支度を始めようとしたダリウスに、その前にせっかく作った夕食を食べてからにしよう、とフィンが腹の虫を鳴らして引き止める。

いままでダリウスが作ったものがどんなに美味《おい》しそうでもやせ我慢をしてすこししか食べなかった反動で、両親の分までおかわりしてたいらげる。

長らく「いらない」とか「もういい」という返事ばかりを聞き慣れていたダリウスは、「これも食べていい？」「もうひとつ食べたいな」とフィンが言うたび、感激の面持《おもも》ちで頷く。

相手を喜ばせたくて久しぶりにたらふく食べたら、苦しくて動けなくなってしまい、きびき び後片付けを始めるダリウスにフィンは小声で呼びかけた。

「……ねえダリウス、いまから荷造りして出発すると遅くなるし、夜の運転は危険だと思うんだ。だから、もう一晩だけこっちに泊まってから明日の朝帰らない？　リーズも一晩くらい待ってくれると思うし、今夜のうちに着こうとして急いでも、もし途中で予期せぬ事故とかに遭遇して迂回《うかい》しなきゃいけなくなったりして深夜にかかったら、運転席でダリウスが一角獣になっちゃっても困るし」

食事前には「リーズのためにすぐに帰ろう」「みんなのことは僕が守る」とキリッと告げておきながら、食後はあっさりひ弱な坊ちゃんぶりを露呈《ろてい》するフィンに、ダリウスは口許《くちもと》で笑いを堪えながら頷く。

「そうですね。今日明日に出産というわけではないですし、私も車中で変身するのは避けたいので、明朝《みょうちょう》帰ることにいたしましょう」

ダリウスは食器を洗い終えると、満腹すぎて歩けないフィンを抱いて寝室に連れていってくれた。

「フィンレー様、今日は結局午睡《ごすい》もできませんでしたから、夜更《よふ》かしはなさらずにお寝《やす》みください。今夜はホットミルクがなくても朝まで熟睡できるかもしれませんが、もし途中でお目覚めになったときのために一応用意しておきますね」

ダリウスが一度台所に戻った間、フィンが寝間着に着替えてベッドに掛けて待っていると、だんだん瞼《まぶた》が重くなってくる。

でも夜中に一角獣になるところもすごく見たいから、深夜までここに一緒にいて、とダリウスに頼もうかと思ったが、まだ荷造りがあるのに邪魔するのも悪いので、フィンはトレイを持って戻ってきたダリウスに「ありがとう、おやすみ」とだけ言ってマグカップを受け取った。

ダリウスが出て行くと、フィンはダリウスの手間を一つ減らすために、眠気を堪えて自分の部屋の荷造りをした。明日着て帰る服だけを残し、休み中に読むはずだった本などと一緒にトランクに荷物を詰めて帰り支度を済ませる。

まだおなかはいっぱいだったが、恋人がわざわざ用意してくれたホットミルクを感謝してすこし飲み、ベッドに横たわる。

遠くでダリウスが帰宅に備えて各部屋の片づけをする静かな物音を聞きながら、フィンはいつのまにか眠りに落ちていた。

＊＊＊

ふと目を覚ましてぼんやりナイトテーブルの時計を見ると、針は深夜の一分前を指していた。

フィンはハッと一瞬で覚醒《かくせい》し、慌ててベッドから飛び降りて隣の部屋まで裸足《はだし》で駆けだす。

「ダリウス、入るよ!」

ノックをする間も惜しんでドアを開けると、裸のダリウスの後ろ姿が滑《なめ》らかに形態を変えるのを目《ま》のあたりにする。

ダリウスの肌や髪の色が、目に見えない大きな刷毛《はけ》でひと塗りされたかのように端から白くなり、同時に両手両脚や体幹が太く形を変え、見る間に銀の角《つの》を持つ美しい一角獣の姿になった。

「……ダ、ダリウス……、ほんとにダリウスが、こうなるんだ……」

疑っていたわけではないが、実際に自分の目で変身するところを目撃したら、やはり驚きと衝撃が隠せなかった。

入口に立ったまま動けずにいたフィンを、一角獣になっても変わらない藍色《あいいろ》の瞳がすこし不安げに見つめてくる。

フィンはハッと我に返り、急いでダリウスに駆け寄って両手で首にすがりついた。

「違うよ、心配しないで。変身したのを見たって、かっこいいと思うだけで、怖いとか不気味とか全然思わなかったし、このことでダリウスを嫌ったりすることは絶対ないからね」

そう心から伝えると、ダリウスはホッとしたようにブルルと長く息を吐く。

安堵の表情のあと、ダリウスは急に世話係の使命を思い出したらしく、軽く咎《とが》めるような眼差しになる。

（なぜこんな時間まで起きているのです。早くお寝《やす》みくださいと申しあげましたが）という顔をされ、フィンは首を竦《すく》める。

「ちゃんとすぐ寝たけど、たったいま起きちゃったんだよ。変身が見たくて寝ないで待ってたわけじゃないから、怒らないでよ」

上目遣いで弁解すると、ダリウスは（仕方ないですね）と言いたげに鼻息を漏らす。

（では、もうご覧になって気が済まれたでしょうから、お部屋にお戻りを）というようにブルッと首を振ってフィンの腕を外させ、軽くドアのほうに押してくる。

フィンは「えっ、もう!?」と声を上げ、

「待って、まだこの姿のダリウスと一緒にいたいよ」

とひしっと首に抱きついて追い出されないように抵抗する。

ずっと昔にもダリウスの帰省を阻《はば》んで似たような真似をしたことを思い出しつつ、小猿のようだった七つの時より大人っぽく身をすり寄せてしがみつく。

昨夜《ゆうべ》もその前の夜も一角獣のダリウスと対面したが、中身がダリウスとは知らず、神聖な幻《げん》獣《じゅう》だと遠慮してあまり気安く触《さわ》れなかった。

でも子供の頃から繰り返し夢に見て憧《あこが》れ続けた一角獣が自分の恋人の半身だとわかった今は、心おきなく触ったり眺めたり愛《め》でたりしたい。

フィンはすこし顔を離し、ダリウスの額にかかる前髪のような鬣《たてがみ》にそっと指を絡《から》める。

「……黒髪のダリウスも好きだけど、この白い絹糸みたいな鬣もすごく素敵だね。……そうだ、尻尾《しっぽ》も触ってみたいんだけど、いい?」

やわらかな鬣を撫でながら、尻尾の感触も気になってお尻のほうに目をやると、フガッと歯を剝《む》かれ、(いけません、人間なら尻毛を見せろと言うようなものです。着衣《ちゃくい》の相手には言いにくいようなことを獣型のときに言うのはマナー違反です)と言いたげな眼差しで拒否される。

綺麗な長い尻尾も撫でてみたかったが、恋人の気を悪くしたくないので「わかったよ、尻尾は触らない」と引き下がる。

初めて会ったときも一番に目を引かれた、前髪の間から突き出る銀の角を見上げ、

「じゃあダリウス、角は触ってもいい？　子供の頃にもちょっとだけ触らせてもらったけど、ほんとにすこしだけだったから、ずっともう一度触ってみたかったんだ」

と声に甘えを混ぜてねだると、（それは……）と戸惑う顔をされてしまう。

七つのときもすぐに逃げるように身を離されてしまったので、好んでは触らせたくない場所なのかもしれないが、尻尾より諦め悪くねばってみる。

「気が進まない？　でもリーズには触らせて削《けず》ってもらってるんだよね？　……お願いだよ、ダリウス。そっと触るから、僕にも触らせて？」

熱心に懇願《こんがん》すると、「…………」としばらく迷うような表情で逡巡《しゅんじゅん》し、ダリウスはフィンの瞳に屈して、（……すこしだけですよ）というように視線で念を押してからそろりと頭を下に向けてくれた。

魔法使いの杖《つえ》に触れていいと言われたような特別な高揚感を覚えながら、息を潜《ひそ》めてそっと人差し指を近づける。

指の腹で付け根から尖端までの下辺を軽く撫で上げると、ビクンとダリウスが身を震わせる。

フィンはハッと指を離し、

「ごめん、こんなにそっと触っても痛かった？」

と慌てて問うと、ダリウスはややうろたえ気味に首を振る。

「ほんと？　じゃあ、くすぐったかったの？」

触れた途端身じろいだ理由を確かめると、数秒の間をあけてから小さく頷かれ、フィンはくすりと笑う。

「そうなんだ。人のときはそうでもないのに、この姿のときはくすぐったがりなんだね。痛いわけじゃないなら、もうちょっとだけ触らせて？」

付け根の太い部分を軽く握り、くりくりと上にずらして辿《たど》っていくと、骨っぽい感触の螺旋《らせん》状《じょう》の角のあちこちに磨《みが》いた蝋石《ろうせき》のように薄く剝《は》ぎ取られた跡があった。

毎日爪のように伸びると言っていたから、削っても無くなるわけではないとしても、軽く触れても震えるような繊細《せんさい》な部分に、自分のために刃物を当ててくれていると思うと、改めて申し訳なさと感謝と愛情が込み上げる。

削り取られた跡を労《いた》わるように優しく撫でていると、不意にダリウスが呻《うめ》いて後ずさり、驚くフィンの視線を避けてタッと部屋の端に向かい、脚を折って蹲《うずくま》ってしまった。

「ど、どうしたの、ダリウス。僕の触り方がなにかいけなかった……？」

慌てて追いかけて瞳を覗こうとすると、なぜか目を逸《そ》らされる。

落ち着かない様子で俯く顔がなんとなく赤らんでいるように見え、

「……ダリウス、ちょっと顔が赤いみたいだけど、大丈夫……？　熱とか、具合が悪いの？」

急に立っていられないほど調子が悪くなったのかと焦って問うと、ダリウスは顔を背《そむ》けたまま首を振って否定する。

言葉ですぐに事情を説明してもらえないのが歯がゆいが、とりあえず病気ではないらしいので、頭や首に触れて気を落ち着けてもらおうとすると、思いきり首をひねってフィンの手を避けようとする。

そこまで避けなくてもいいじゃないか、と口を尖らせて問い詰めようとして、相手が軽く息を上げているのに気づく。

なんではぁはぁしてるんだろう、それになんか困ってるような、なにかを堪えてるみたいな顔に見えるけど……、と眉を寄せてダリウスを見おろし、フィンはハッとする。

……ひょっとしたら、角はくすぐったいだけじゃなくて、性的にも敏感な部分で、触られて下半身が反応してしまったのかも……。

……たしかに昔もいまも、僕が頼むから仕方なく触らせてくれただけで、あんまり触ってほしくなさそうだったし、すぐに逃げてしまったし、ビクッと震えていたのは快感のせいで、きっと僕が撫で回した刺激で勃《た》ってしまったから、隠すためにこんなところに蹲っているのかも。

相手の様子や表情から察するにそれが正解のような気がして、十歳も年上のダリウスの初々《ういうい》しい反応が可愛くてならなくなる。

「……ねえダリウス、僕は恋人のことならなんでも知りたいから、一角獣の身体のことも隠さず教えてほしいんだ。もしかして、この角は触ると気持ちいいの……？」

そう問うと、ダリウスは俯《うつむ》けた顔をハッと上げて、ぎこちなく首を振って否定する。

人型のときもあまり嘘をつくのが得意ではない相手の返事に苦笑して、

「本当かな。じゃあ、なんで急に逃げるように蹲っちゃったの？　角を触るとそこが反応するとしても、一角獣のダリウスがいやらしい質《たち》だとか全然思わないよ。そういう身体のつくりなのかって興味深いだけ。……あ、でもリーズに削ってもらうときも毎回興奮してたとしたら、ちょっと気に食わないけど」

と嫉妬も正直に口にすると、ダリウスはギョッと驚愕《きょうがく》の表情でさっきより激しく首を振り、おずおずとフィンの頬を舌先で舐めてじっと見つめてくる。

「……その顔は、『気持ちいいのは僕に触れたときだけで、リーズが触ってもなんともない』って言いたいの……？」

相手の瞳からのメッセージを自分の願望をこめて解釈すると、深く頷かれる。

それなら構わない、とフィンは機嫌よく笑みを浮かべ、ダリウスの目に天使として映った笑みを小悪魔めいたものに変える。

フィンは蹲っているダリウスの顔の正面に立ち、両手で長い角を握りこんだ。

ビクッと驚くダリウスに、

「ダメ、動かないで。ここが恋人の気持ちいいところだってわかったし、僕の手だけに反応するなんて光栄だから、いっぱい触ってあげる。昼間は僕が何度も達《い》かせてもらったから、今度はおまえが何度でも達っていいよ」

と身を屈めて角にちゅっと口づける。

震えながらじっとしているダリウスの銀の角に滑らかに両手を滑《すべ》らせ、螺旋状の溝《みぞ》に指を潜《くぐ》らせて辿《たど》ったり、スタッカートのように指を跳ねさせたり、どんな触り方が感じるのか反応を探りながら上下に擦《こす》る。

ハッハッと息を上げ、伏し目がちに快感を堪えて自分の足元に伏せるダリウスを見おろし、自分より大きな獣を手なずけている使い手になったような支配欲も覚えつつ、もっと気持ちよくしてあげたくて握った尖端にもう一度唇を寄せる。

角の先なら人型のときの性器より楽に口に含めそうだったし、何年も薬として飲んできたものでもあるし、ダリウスの一部だと思えば舐めることにさして抵抗もない。

動物の番は互いに舐めあってグルーミングするし、一角獣の恋人ならこれくらいしてあげないと、と思いながら尖端に口づけ、舌に乗せてすこし中まで飲み込む。

ダリウスは慌てふためくように唸《うな》り、急いで身を引こうとしたが、フィンは口に入れたまま「らめらよ」と制止する。

口の中で角に吸いついて舌を絡めていると、ところどころつるつるした面が舌に触れ、自分のために削ってくれた部分を愛を込めて何度も舐め上げる。

口の端から零れた唾液《だえき》が角を伝い落ちるにつれ、ダリウスの息遣いが荒くなり、蹲った下半身を遠慮がちにうねらせはじめる。

これは、もしかしたら、床に擦りつけて自慰《じい》しているのかも、とフィンは咥《くわ》えながらハッとする。

普段のダリウスはエリアルのように気軽に性の話をしたりしない慎《つつし》み深いタイプで、一角獣になってもそれは変わらないと思うのに、あのダリウスが自分の見ている前で自慰をするなんて、と驚きで目が離せなくなる。

人型のときのように手を使えないから仕方なくこうしているのだろうし、きっと自分には見せたくないだろうし、我慢できずに床に擦りつける相手の気持ちを思ったら不憫《ふびん》なのに、いけないものを見てしまったときの不謹慎な興奮も否めない。

一度も見たことはないけれど、人間のダリウスが秘密の行為をしている幻影が重なり、フィンの脚の間まで疼《うず》いてくる。

ちゅぷりと音を立てて角を口から出し、フィンは小声で囁いた。

「……あの、ダリウス、よかったら、おまえの…あれを、僕の両手か、脚に、挟んであげようか……？」

以前エリアルから、獣と交わることを好む人々もいると聞いたことがある。

そのときはその心情が理解できなかったが、一角獣のダリウスと自分が性的な触れ合いをしてもおかしくないかも、といまは思える。

ただ、人型のダリウスの性器も相当なものだったので、一角獣のときだとさらにすごいだろうから、さすがに身の内まで入れたら壊されそうで怖いが、手や腿《もも》でよければいくらでも使わせてあげる気はある。

自分の唾液で濡れた角をゆるやかに擦りながら提案すると、ダリウスはとんでもないという顔でぶんぶん首を振る。

「……でも、床より、僕の掌《てのひら》や腿のほうが気持ちいいと思うよ？」

まだ直接自分の目で一角獣の勃起した性器を見ていないので、どれくらいなんだろう、とはしたない好奇心に駆られながら誘うと、ダリウスは頑《かたく》なに首を振り、

（絶対にそんなことをフィンレー様にしていただくわけには参りません！　こんなお見苦しいところをお見せしただけでも世話係としてあるまじき失態だというのに……！）

と思っていそうな顔で固辞する。

いまは恋人同士の時間なんだから、世話係としてのモラルなんていらないのに、と思いつつ、堅物のダリウスには敷居が高いのかな、と獣と人間の交わりの真似ごとは諦める。

直接自慰を手伝うことは無理らしいので、せめてもっと角をエロチックに弄《いじ》ったり、興奮するような言葉を言ったり、刺激的な姿を見せてあげたら間接的に協力できるかも、と思いつく。

ダリウスの前では淫乱と誤解されるような真似は控えようと決めたはずだったが、いまは自

分が角を撫でたがったせいで床で自慰する羽目に追い込んでしまったので、責任をとって最後まで手伝うべきだ、と正当な理由をつける。

フィンはダリウスの角の尖端を握りながら、もう片方の手で寝間着のボタンを外していく。

「……ねえダリウス、おまえは僕に自慰を見られていたたまれないだろうけど、僕はいつも清《せい》廉《れん》なおまえでも自慰するんだ、ってすごくドキドキした。……だから、おまえも僕がするところを見たら興奮するかもしれないから、やって見せてあげる」

「……っ」

内心ひどく恥ずかしかったが、ふたりとも同じ恥ずかしさを共有すれば、すこしはダリウスの気も軽くなるのではないかと思った。

下までボタンを外し、片襟《かたえり》を摘《つ》まんでぴらりとめくり、片方の胸元を露《あら》わにすると、ツと指で乳首に触れる。

「……ン……」

昨夜も今日も、ダリウスに念入りに愛撫されて敏感になった胸の尖りを自分の指で揉《も》みしだく。

ダリウスとリーズの仲を誤解していたとき、フィンは性的なこと全般に拒絶感を抱いていたので、自慰も好んではしなかった。

乳首も性器も風呂や排泄《はいせつ》以外ではほとんど触れなかったし、人前で自慰をするなんて初めてだったが、一角獣の大きな目で間近から見つめられているのを感じると、なぜか背徳的な興奮が湧き上がる。

「……ふっ、……ぅん……」

片手は角から離さず、もう一方の手で乳首を弄ってから、さらに手を下げて寝間着の下衣《かい》に忍び込ませる。

「あっ……ん」

半勃ちの性器を握り、角を擦る動きと同じリズムで手を動かす。

見られている羞恥《しゅうち》より、見られることの快感のほうが上回り、フィンはさらに大胆に下衣を下ろして先走りで濡れた性器を表に晒《さら》す。

とろとろ零れる蜜《みつ》で手を濡らしながら、眼前に見せつけるように上下に扱《しご》く。

徐々にダリウスの角を摑むほうの手はただ添えるだけになり、代わりに自分の性器を擦る手を速め、「あっ、あっ、ンッ、ふっ」と喘《あえ》ぎながら自慰に耽《ふけ》る。

ダリウスもはぁはぁと息を荒らげ、手伝いたいのにできない、というもどかしさからか、目を血走らせて食い入るようにフィンの痴態《ちたい》を凝視《ぎょうし》する。

そのうちダリウスは見ているだけでは我慢できなくなったらしく、くんと頭を動かし、思わず手を離したフィンの乳首を角の先でそっと突いてきた。

「アッ……！」

最初は遠慮がちにこりこり擦られ、フィンが感じて震えるのを確かめると、もうすこし強く尖る乳首を押し潰したり、下から弾《はじ》いたり、指とは違う硬い感触の愛撫に喘がされる。

ダリウスは器用に角の先で両方の乳首を構ってから、ツウッとフィンの肌を伝い下り、赤く潤《うる》んだ性器まで下りてくる。

「あン……っ」

反《そ》り返る性器の尖端に挨拶《あいさつ》するように角の先を押し当てられ、その刺激にこぷりと溢れた雫でダリウスの角を濡らしてしまう。

尖端の小さな孔《あな》をくすぐるように小刻みに動かされ、

「アッ、やっ、ダメ、……角が、汚れちゃう……！」

と悶《もだ》えながら腰を引くと、ダリウスはたまらないようにフィンの性器を長い舌でべろりと舐め上げた。

「ひぁあっ……！」

人型のときより大きな舌を性器に巻きつけられ、強く包まれて腰がくだけそうになる。

舐めるのと扱くのを同時にされているような舌遣いに悲鳴を上げて悦《よ》がる。

倒れそうで前のめりになると、角が胸元をかすめ、下半身を舐められながら角が乳首に当たるように、思わず自分で身を捻《ひね》って位置を合わせる。

「アッ、アッ、きもちい……、どっちも、ぁんっ、はぁ、ん……！」

一角獣の舌と角を同時に味わい、感じすぎて涙を浮かべながら身を揺らす。

強い快感に怯《おび》えるように引いた腰を、すぐにまた食《は》んでほしくて自《みずか》ら突き出す。

「アッ、はっ、ダリウ……、舌、すご……あっ、も、出そぅ、出ちゃ…、あぁぁんん！」

片手で角を摑んで仰《の》け反《ぞ》り、厚い舌に腰を押しつけて精を撒《ま》く。

フィンが極めたのと同時に、ダリウスも腰を大きくうねらせて達したようだった。

射精の余韻《よいん》にぼうっとしながら、フィンはダリウスに抱きつき、かくんと両膝を床につけて肩を喘がせる。

ダリウスも荒い息でフィンに顔を寄せ、ふたりとも息がおさまるまでそのまま抱き合ってから、ようやく口をきけるようになったフィンが小声で言った。

「……ダリウス、ごめん、ダリウスの自慰を手伝うつもりが、また僕ばっかり気持ちよくしてもらっちゃって……」

途中から自分の快楽を追ってしまったことを詫《わ》びると、抱きついた首がふるふる左右に揺れる。

「……でも、ダリウスも達《い》けたかもしれないけど、もどかしかっただろうから、朝になったら、人に戻ったダリウスに僕が奉仕してあげるからね」

チュッと首に口づけて埋め合わせの約束をすると、ダリウスは（大丈夫です、秘め事に耽る貴重なフィンレー様を拝見できて、充分満足できました）とでも言いたげな顔をして、（さあ、今度こそベッドにお戻りください）というようにフィンの寝間着の袖を噛んでドアのほうに顔を向ける。

この姿のダリウスに会う機会は今後も毎夜あるとはいえ、完全にふたりだけでいられるのは今夜だけなので、このまま自分の寝室に戻って寝てしまうのはもったいない気がした。

「……ダリウス、今夜は朝まで一緒にくっついて寝ようよ」

一角獣のダリウスともっとベタベタしたくて甘えると、（ですが、私はこの姿の間は重さでベッドが壊れないように床で寝ているので、フィンレー様まで床に寝かせるわけにはいきませんし……）と言いたげに床やベッドに視線を走らせて困った顔で首を振る。

「僕は床でも構わないよ。ダリウスに凭れて寝てみたいし、ダリウスが三時になって人に戻ったら、僕も一緒にベッドに寝かせてくれれば問題ないし」

フィンがそう言うと、ダリウスは（あと一、二時間でもフィンレー様を床に寝かせるなんて、お身体によくないですし、フィンレー様だけベッドで寝《やす》まれて、私は足元に寝そべるというのではいかがかと……）と言いたいらしく、視線をうろうろさせて訴えてくる。

フィンはちょっと考えてから、

「じゃあ、双方の意見を取り入れることにしない？　僕はダリウスとベッドの上下に離れずに一緒に寝たいし、おまえは僕を床に寝かせたくないから、僕がダリウスの上に乗って寝るっていうのはどうかな。直接床で寝るわけじゃないし、僕はおまえに密着できて嬉しいし」

と自分の願望を強めに押し出した折衷《せっちゅう》案を出してみる。

父には乗馬のたしなみがあるが、フィンはハービー先生に動物との接触を禁じられていたので馬に乗ったことがない。でも一角獣のダリウスの背に身を横たえられたら、発作も起こさず、絶対落とされない乗馬気分を味わえるし、なにより全身べったりくっつける。

誤解でこじれる前の心底仲良しだった頃も、ダリウスが同じベッドで添い寝をしてくれたことはなかった。

主《あるじ》と世話係の関係では枕元の椅子までの距離が必要だったかもしれないが、恋人になったからには距離はゼロまで近づいてぎゅっとくっついて眠りたい。

（でも私の背中では安定せず安眠できないでしょう）などと却下されないうちに実践してしまおう、と急いで膝立ちから立ち上がろうとして、腿《もも》まで下げたままの寝間着に引っかかる。

まだこんな恰好だった、と顔を赤らめて引き上げようとして、先刻途中まで着衣のまま自慰をしたせいで下着が濡れているのに気づく。

そのまま我慢して穿《は》こうかすこし迷い、チラッとダリウスを窺ってから、フィンはそろりと下着ごと寝間着の下衣を下げて脚を引き抜く。

ハッと目を見開くダリウスの視線を意識しながら、はだけた上だけ羽織《はお》ったままダリウスの側面に立ち、背に横座りしてから片足を開いて跨《また》り、背中に流れる鬣に顔を埋めて凭れかかる。

きっと半裸で跨れば、世話係としてはこんな寝方はさせたくなくても、恋人としては拒否できないだろうと踏んで、相手のなめらかな毛皮に乳首や股間を押しつける。

「……ねえダリウス、僕が上に乗ると重い……？」

重くて苦しいなら下りようと思いながら確かめると、ダリウスはそわそわした様子で首を振る。

「じゃあ、ダリウスが人に戻るまで、こうやって眠らせて？　一角獣に跨るなんて、世界広しといえども、恋人の僕しかできない稀少《きしょう》な経験だし」

そう囁くと、ブルル、と困惑とときめきが混じったような息を吐き、拒《こば》むのを諦めたように首を前に倒してフィンが寝やすいような体勢をとってくれる。

チュッと感謝のキスをして、首にしがみついたまま顔を横に向け、「おやすみ、ダリウス」と笑顔で囁いて目を閉じる。

その夜見た夢は、一角獣のダリウスに乗って草原を駆ける夢で、乗馬をしたこともないのに見事に乗りこなせ、楽しくて嬉しくて最高の気分で目を覚ますと、人の姿のダリウスの腕の中にいた。「おはようございます、フィンレー様」と微笑されて、このダリウスも最高だ、と両方のダリウスを堪能《たんのう》できる幸せを噛みしめる。

一昨日《おととい》まで、ダリウスが起こしにくると意固地に笑みを封印していたが、今朝は満面の笑みで「おはよう、ダリウス。いまいい夢見たんだよ」と以前のようにおしゃべりしかけると、うっすら感涙《かんるい》を浮かべられ、「これから毎朝泣いちゃう気？」とついからかってしまった。

＊＊＊＊

朝から五年分のスキンシップ不足の埋め合わせをしてから、朝食後に一路ブランベリー邸に向かう。

別荘に滞在した三日間、毎夜寝不足続きだったので、フィンは車が動き出した途端に助手席で寝てしまい、ダリウスに起こされたときにはもう家に着いていた。

「ダリウス、ごめん。寝不足なのはおまえも一緒なのに、僕だけぐうぐう寝ちゃって」

車寄せで後ろのトランクから荷物を取り出しているダリウスに詫《わ》びると、

「構いませんので、どうぞお気になさらず。元々半獣《はんじゅう》は細切れの睡眠でも疲れにくい身体の造りなので、人間のようにたくさん寝なくても大丈夫なんですよ」

とまたひとつ秘密を教わり、だから子供の頃よく発作を起こしていたときに、いつ休むんだろうと思うくらい寝ないで面倒みてくれてたのか、と納得する。

「その体質ちょっと羨《うらや》ましいな。試験前だけ半獣になれたら助かるのに」と軽口を叩きながら玄関に向かう。

出迎えたヒューバートはフィンがダリウスと和《なご》やかに笑顔で会話をしていることに一瞬驚いた表情を浮かべ、すぐに頭を下げた。

「おかえりなさいませ、フィンレー様。お早いお戻りで」

「ただいま、ヒューバート。リーズがおめでただって聞いて、急いで戻ってきたんだ。リーズの調子はどう?」

ヒューバートの中では出発前の反抗期中のフィンで認識が止まっているので、内心なにがあったのかと戸惑っているようだったが、表情には出さずに丁寧な口調で言った。

「昨日は多少ご気分が優《すぐ》れないようでしたが、本日は食欲もあり、大きくお変わりはないようでございます」

「そう、よかった。ヒューバート、僕からリーズとヒューバートに話したいことがあるんだ。いま手が空《あ》いていたら、リーズの部屋に一緒に来てくれないかな。お父様がお戻りにならないうちに、こっそり話したいから」

そう言うと、ヒューバートは半獣の勘でフィンがなんの話をする気か悟《さと》ったらしく、一瞬息を止めてから「かしこまりました」と頷いた。

三人でリーズの元へ向かい、

「リーズ、ただいま。僕だけど、入ってもいい?」

と五年ぶりにリーズの部屋のドアをノックして声をかけると、「……えっ、フィン!?」と驚いたような声がして、急いで駆けてくる気配のあとに勢いよくドアが開く。

「おかえりなさい、フィン。ちょっとうたたねをしていて、玄関に出迎えにもいかずにごめんなさいね。まだしばらくあちらにいるのかと思ってたものだから」

リーズは突然友好的な態度で訪室《ほうしつ》したフィンに戸惑いながらも喜んでいる様子で、「どうぞ入って」とフィンと後ろにいるダリウスとヒューバートにも入室を促《うなが》す。

「おなかに赤ちゃんがいるのに走ったらダメだよ。僕の可愛い妹か弟を無事に産んでほしいから、大事にしてね、お母様」

すこし照れ気味に初めての呼称《こしょう》を口にすると、リーズは足を止めて、やや目尻が吊った切れ長の瞳を見開いた。

フィンはリーズの片手をそっと取って両手で包むように握る。

「お母様……、やっぱり『リーズ』って呼ぶほうがしっくりくるから戻すけど、この五年間、ひどい態度を取ってきたことを謝らせてほしいんだ。なにも悪くなかったリーズのことを、誤解して勝手に恨んで、全然可愛くない息子だったのに、めげずにいつもほがらかに接してくれて、本当に感謝してる。もう勘違いだったってわかったし、すごく反省してるから、また前みたいに僕と仲良くしてくれないかな」

五年分の非礼《ひれい》を詫び、関係の修復を真摯《しんし》に乞《こ》う。

リーズは瞠《みは》った琥珀色《こはくいろ》の瞳をじわりと潤《うる》ませ、フィンの手の上からさらに自分の手を重ねながら頷いた。

「もちろんよ、フィン。いつかこんな日が来てくれないかとずっと待ってたの。あなたとまたいい親子に戻れたら、こんなに嬉しいことはないわ。……でも、あなたにそんなに恨まれるようなことをした覚えがまるでないんだけど、誤解ってなんだったの？」

身長差があまりないリーズに瞳を覗きこまれ、フィンは気まずく目を泳がせながら小声で答える。

「……えっと、実は、リーズとダリウスが不倫してると思い込んでて、僕はずっとダリウスのことが好きだったから悔しくて、お父様のことも裏切ってるのかと思って許せなくて、あんな不作法な態度を……、本当にごめんなさい」

恐縮しながら上目でリーズを窺うと、口をぽかんと開けてしばし絶句してから、

「なんですって⁉　言うに事欠いてダリウスと不倫⁉　フィン、私たちのどこを見たらそんなありえない勘違いをするのよ。ケンカ友達に見えるならわかるけど、私はカイル一筋よ！」

と元家庭教師らしく人差し指を立てて文句を言われる。

「……そうなんだけど、五年前、夜中の三時過ぎに庭で全裸のダリウスと半裸のリーズが一緒にいるところを見ちゃって、エリアルに相談したら絶対不倫だって言うし、まさか角《つの》を削《けず》るためだったなんて知らなかったから、そうなのかなって信じちゃって……」

口ごもり気味に答えると、「え、『角』って……」とリーズが真顔になる。

フィンはこくりと頷いて続けた。

「僕、半獣の秘密をダリウスから聞いたんだ。ほんとは人間に知られたらいけないそうだけど、

僕は味方だから、警戒しないで。別荘でダリウスと想いを伝え合って恋人同士になったんだけど、ダリウスが夜毎一角獣《よごといっかくじゅう》になっても僕の気持ちは変わらないし、リーズとヒューバートが猫とアライグマになっても、僕の大事な母親と執事に変わりはないから、安心してこの家にいてもらえるように僕も秘密を守る仲間になるよ」

リーズとヒューバートの目を見ながら嘘偽《うそいつわ》りない気持ちを伝えると、ふたりは半獣の勘で本心からの言葉だとわかってくれたようだった。

ヒューバートはフィンに礼儀正しく会釈《えしゃく》しながら言った。

「フィンレー様が我々の存在にご理解をお示しくださったことに感謝いたします。ダリウスくんとのことも、先日来の反抗期は初恋ゆえだったのかと腑《ふ》に落ちました。憚《はばか》りながら、おふたりを自分の息子や孫のように愛《いと》おしく思っておりますので、初恋を実らせたと伺って、なにやらこちらまで胸がときめく心地がいたしました」

ヒューバートは職務に忠実な老練《ろうれん》な執事で、ダリウスやリーズのようなわかりやすい愛情表現はしないが、いつも眼差しや言葉掛けに控えめな愛情が滲《にじ》んでいるのを感じてきた。

フィンはヒューバートに抱きつき、「ありがとう、僕もヒューバートを身内のように大切に思ってるよ」と独身でブランベリー家に尽くしてくれる執事に謝意を捧《ささ》げる。

リーズもフィンをひしっと抱きしめ、

「味方になってくれてありがとう。妊娠のことも、純粋に喜んでくれてるってちゃんと伝わってきて嬉しいわ。ダリウスとヒューバートさんは不安や心配のほうが大きくて、心からは歓迎してくれてないのがわかるから、フィンの気持ちが胸に沁《し》みるわ」

とフィンの両頬に親愛のキスをする。

途端にダリウスがフィンの肩を抱いてリーズから引き離し、

「致し方ないでしょう。もちろん受胎《じゅたい》自体は慶事《けいじ》だと思っていますが、このことで旦那様に秘密を知られる確率が格段に跳ね上がり、旦那様の寛大な御心《おこころ》をもってしても半獣の妻子は受け入れられずに離縁になる可能性も大きく、芋《いも》づる式に私もヒューバートさんも解雇《かいこ》の憂《う》き日にあうことが容易に予測できるのに、のんきにめでたがるわけにはいきません」

と口調は丁寧でも幼馴染の遠慮のなさで本音を漏らすダリウスをリーズがキッと睨む。

「なんて不吉なことを言うの！　カイルはそんな狭量《きょうりょう》な人間じゃないわ。たとえしばらくは悩んだとしても、きっと私と生まれてくる子を受け入れてくれると信じてるのにひどいわ！……大体、私より自分の心配をしたらどうなの。献身的な世話係だと信じてふたりだけで行かせた別荘でちゃっかりフィンに手を出すなんて、きっとカイルは大事な息子をたぶらかした一角獣の馬の骨を許さないと思うわ。解雇くらいで済めばいいけど、銃殺も覚悟したほうがいいわね」

リーズの容赦《ようしゃ》ない応戦にフィンが目を剝《む》く。

「そんな、銃殺なんて絶対ダメだよ！　ダリウスから手を出したんじゃなくて、僕が手を出せって命じた形だし、たぶらかされたんじゃなく、子供の頃から好きだったんだ。ダリウスは僕の唯一無二の恋人で死んでも離れないって、お父様が根負けするまで言い張れば、最後はわかってくれると思うし、それでも反対されたら、そのときは潔《いさぎよ》く駆け落ちするから！」

「フィンレー様、そこまで……！」「ダメよ、駆け落ちなんて！　カイルが悲しむわ！」とどんどん声が大きくなる三人にヒューバートが冷静に言った。

「皆様、お静かに、もうすこしお声の音量をお下げくださいますよう。いま早急に話し合うべきは、いかにして奥方様のご懐妊とご出産を乗りきるかということで、論点のずれた論争をしている場合ではございません」

その指摘にフィンたちはハッと我に返り、椅子に掛けて四人で顔を寄せ合い、密談態勢になる。

「ねえリーズ、ダリウスに猫の半獣は臨月《りんげつ》まで二ヵ月だと聞いたけど、人間のお父様の子でも一緒なのかな」

声を潜《ひそ》めてフィンが問うと、リーズが自信なさそうに首を振る。

「わからないわ、わたしも初めての妊娠だし。普通は猫の半獣はそこまでおなかが大きくならないんだけど、人間のカイルの血の影響で、一、二ヵ月のうちに人間の臨月みたいにおなかが大きくなるかも……。念のためハービー先生には最後に月のものが来た日をだいぶさばを読んで伝えておいたんだけど」

苦しい辻褄《つじつま》合わせにダリウスは眉を寄せ、

「もし二ヵ月後に生まれたら、ハービー先生が算定した予定日より随分早い早産《そうざん》と思われるでしょうし、月足らずなのに未熟児じゃなく標準体重だったら、旦那様も週数が合わないと怪しんだり、別の男との不倫で宿《やど》した種ではと疑惑を抱くかも。それに分娩《ぶんべん》が正午から三時にかかれば、医師やナースや家政婦長の入室をどうやって阻《はば》むかや、我が子を抱こうと廊下でお待ちになっている旦那様をどうお引き止めするかも、それらしい理由を考えなくては」

と頭痛を堪《こら》えるように片手でこめかみを押さえる。

ヒューバートも憂わしげに頷き、

「それにおふたりのお子様がどのようなお姿でご誕生になるのか、普通の半獣と同じように性別によって昼か夜の三時間だけ獣型になるのか、人間の旦那様との血が複雑に絡み合い、見た目は人間の赤ちゃんなのにぴょーんと身軽に高いところに飛び乗って怪我もなく飛び降りたり、両頬から横に長い髭《ひげ》が伸びていたり、指紋の代わりに肉球があったりするかもしれず、お生まれになってみないと隠す算段が講《こう》じられないことも大変悩ましく……」

と重い溜息を漏らす。

沈鬱《ちんうつ》な面持《おもも》ちの三人にフィンは軽く首を傾《かし》げて言った。

「……でもさ、逆に獣の成分は薄い子になるんじゃないかな。半獣同士より、人間の成分が多いから人間寄りの可能性もあるよ。それにお父様の性格なら、赤ちゃんに多少猫っぽさがあろうが、『十七年ぶりだからよく覚えてないけど、赤ちゃんってこういうものだったかな』ってそんなに気にせず可愛がると思うんだ。それでメロメロになったあとに半獣の秘密がばれたとしても、きっともう赤ちゃんを手放せなくなるだろうから、先手必勝で先に産んじゃうことが大事だと思うんだ。でも、妊娠中のリーズがありえない早さで臨月を迎えたら、さすがにお父様もどんな言い訳しても怪しむだろうから、物理的にお父様の目に入らないように里帰り出産するのはどうかな。半獣の村なら、いつどんな子が生まれても誰もびっくりしないし、ダリウスのお母様はベテランの医師だから無事取り上げてくれるだろうし、リーズは結婚してから一度も帰省してないから、里帰りしたらご家族も喜ばれるだろうし」

出産までこの家でひやひやしながら綱渡りの日々を送ると胎教《たいきょう》によくないし、思いきって隠れてしまえばあれこれ辻褄《つじつま》合わせの嘘を重ねなくても済む。

名案だと思ったのに、リーズは浮かない表情で首を振った。

「……そうもいかないのよ。実は人間のカイルとの結婚を両親はよく思ってないの。反対を押し切って結婚したから、向こうは縁を切ったつもりでしょうし、私からもずっと疎遠《そえん》にしていたのに、こんなときだけ頼れないわ」

「……え。……そうだったんだ」

父との結婚のせいで家族と確執があったことを初めて知り、フィンは胸を痛める。

半獣と人間の結婚は掟《おきて》で禁じられていると聞いたが、周りから止められても父と自分との生活を選んでくれたのに、何年も険悪な態度を取ったことが改めて悔やまれた。

フィンはもう一度リーズの手の上に自分の片手を乗せる。

「リーズ、いままでのお詫びに僕にひと肌脱がせて。僕も一緒に半獣の村に行って、リーズのご両親に直訴《じきそ》するから、これを機に親子の縁を結び直してもらおうよ。うちのお父様とリーズがどんなに素敵な夫婦か、僕にとってもリーズがどんなに最高の母親か、半獣と知っても僕はリーズを大好きなことや、いまはまだお父様は事実を知らないけど、リーズと赤ちゃんが悲しむようなことにならないように僕が間に立って最善を尽くすって誠心誠意お伝えして、リーズが安心してお産に臨《のぞ》めるようにお力をお貸しくださいってお願いしてみるよ」

もう一方の手を胸に当て、フィンは瞳に自信を覗かせる。

七つのときにも、ダリウスの両親に直訴して同意を勝ち取った成功体験があるので、初対面のマーカム夫妻にも臆さず説得する気でいると、

「フィンレー様、それは掟に反します。以前村にお連れしたのは特例で、幼いフィンレー様が号泣《ごうきゅう》されて致し方なかったためですから、そう何度も来訪《らいほう》する気になられては困ります」

とダリウスが慌てて諫《いさ》める。

僕は人間でも半獣の敵じゃないのにダメなの？　と口を尖らせて訴えると、しばらく顎《あご》に手を当てて考えこんでいたヒューバートが口を開いた。

「……いや、名案かもしれません。旦那様も奥方様がご結婚によりご実家と不和になられたこ

とをお気にされていますし、妊娠を機に和解したいとお伝えすれば、里帰りをお止めしないかと。さらにおひとりではなくフィンレー様も同行され、別荘での避暑の代わりに田舎で静養したいとおっしゃれば、確実に送りだしてくださるかと。それに村の掟はあくまでも原則で、フィンレー様が決して半獣の脅威にはならないということは村の皆にも嗅覚《きゅうかく》でわかるはず。マーカム夫妻もさすがに身重の娘を前にして『帰れ』とは言わないでしょうし、フィンレー様の熱意の説得に応じる確率は高いかと。旦那様とは里帰り中はお手紙のやりとりだけにすれば、二ヵ月で生まれてもしばし伏せておくこともできますし、産後の肥立《ひだ》ちがよくなるまでゆっくり休んでから戻れば、月足らずで生まれたことを曖昧《あいまい》にできるやもしれません」

　ヒューバートがフィンの発案を支持してくれたので、また半獣の村に行けるんだ、とフィンは目を輝かせる。

　にこやかなフィンとは対照的に、ダリウスとリーズはまた掟を破ってもいいものか、親もそう簡単に折れてくれるだろうかと不安げな顔をしていたが、ほかに良案もなく、里帰り計画に同意したのだった。

＊＊＊

　その晩、フィンは帰宅した父に、まずリーズのおめでたを心から喜び、いままで思春期で継《まま》母《はは》に理由もなく反抗的な態度を取ってきたが、自分も兄になるので心を入れ替えて大人になる、もうリーズには謝ったが、言葉だけでなく行動でも示したいので、いままで病弱な自分の身を親身に案じてくれた御礼に、残りの夏休みの間は妊娠中のリーズの世話は自分が引き受ける、と里帰り出産の伏線として申し出た。

五年の間、フィンはリーズに対してはダリウスに対するほど露骨《ろこつ》に毒を吐いたりしなかったが、心を閉ざした態度はカイルの目にも気掛かりだったので、フィンが反抗期を脱したと聞いて喜んだ。

里帰りについて、カイルには初めから出産するためとは言わず、安定期のうちに実家に帰って関係を改善したい、という名目で、用が済めばすぐ戻ってくるようなニュアンスで持ちかけることにした。

お産まで面倒を見てもらうと話せば、自分もご挨拶《あいさつ》に行かなくては、とか見舞いに行くなどと言い出されても困るので、すこしの間だけ、フィンにも田舎のいい空気を吸わせてから戻る、という態《てい》を取れば気楽に送り出してくれるだろうし、向こうで体調を崩したので大事を取ってもうしばらく様子を見る、という形で引き延ばし、こっそり出産を迎えるという作戦を立てた。

なるべく長くこちらで過ごすはずだったが、リーズのおなかは一ヵ月のうちにめきめき大きくなり、食べ過ぎで太ったという言い訳では誤魔化《ごまか》せないほど目立ってきて、これ以上怪しまれないうちに急いで里帰りを決行することになった。

＊＊＊＊＊

「汽車に乗るの久しぶりだから嬉しいな。十年前もこうして向かいあって座ったね、ダリウス」

アールスフィールドへ向かう汽車のコンパートメントで、前と同じ窓際の席に掛け、フィンは上機嫌で向かいのダリウスに笑みかける。

「そうですね。当時のフィンレー様と私では、切符の確認に来た車掌の目に『年若い主《あるじ》と使用人』としか映らなかったでしょうが、もしやいまなら恋仲のふたりに見えるかもしれませんね」

ダリウスが声に照れを混ぜて返事をすると、

「真顔ではしゃいでるとこ悪いけど、いまも『年若い主と使用人』にしか見えないわよ。横に『年若い主の義母』もいることを忘れてるんじゃないの？」

とフィンの隣に掛けたリーズがふたりのデート気分に水を差す。

「どうしたの、リーズ。なんかピリピリしてるけど、ご両親と会うから、緊張してるの？　大丈夫だよ、先に出した手紙の返事も、ちゃんとリーズが帰ってくるのを待っててくれてる感じがしたし」

フィンがレースの手袋をはめたリーズの手に自分の手を乗せて励《はげ》ますと、リーズは「そうかしら」と不安げに呟く。

出発のすこし前に、なんの前触れもなく身重で帰省すると騙《だま》し討《う》ちのようでまた揉《も》める元になるといけないので、リーズは両親に宛てて手紙を書いた。

まず不義理を詫《わ》び、でもカイルとの結婚は後悔していないこと、妊娠したことも嬉しいし、夫も義理の息子も喜んでくれている、ただまだ夫には正体を打ち明けていないので出産は村でしたいが、受け入れがたければダリウスの実家で産ませてもらう、生まれたら孫の顔くらい見てくれると嬉しい、とかすかに歩み寄りを匂わせた手紙を出すと、『孫に罪はないし、わざわざよそ様のお宅にご迷惑をかけず、帰るならまっすぐうちに来なさい』というあちらも一応歩み寄りを感じさせる返事が来た。

「たぶん、ご両親はもう赤ちゃんもできたリーズに『掟《おきて》を破って人間と結婚した不良娘』なんて今更怒らないだろうし、僕の口添えも必要ないんじゃないかと思うんだけど」

「そんなことないわ。たぶん私ひとりだったらまだガミガミ文句言ってくる気がするのよ。だからフィンの天使の笑顔で骨抜きにしてほしいの」

「頑張るけど、まだ威力あるかなぁ。七つの頃なら我ながら可愛かった気がするんだけど、もう十七だし」

両手で自分の頬を擦《こす》りながら言うと、

「なにをおっしゃいますやら。おいくつであろうとフィンレー様の笑顔は天使以外の何物でもありません。現に私は初対面から十年骨抜きにされ続けていますし、たとえ九十歳のフィンレー様に笑みかけられても『天使だ……』と思う自信があります」

とダリウスに真顔で断言され、「え……」とフィンは頬を赤らめる。

「ちょっと、堂々と惚気《のろけ》ないでよ。それにフィンが九十ならあんたは百歳だから、単に目と認知機能が弱ってるだけよ」

「惚気ではなく事実ですし、自分のほうがいままで聞いてもいないのにさんざん旦那様とのことを惚気ていたくせに、茶々を入れないでください」

と言い合うふたりを見てくすくす笑っているうちに降車駅に着く。

うっすら記憶にある街はずれの森の入口に佇《たたず》む郵便局まで三人で向かい、番人も兼ねているジョシュアに丁重《ていちょう》に挨拶し、村に行きたい事情を話す。

夜はハクトウワシになるという鋭い眼光で頭の先から爪先《つまさき》まで検分されてすこし怖かったが、ダリウスとリーズがフィンを信頼できる人間だと保証してくれ、フィンからも大事な恋人と義母の仲間が困るようなことは決してしないし、村で見聞きした秘密は生涯口外《こうがい》しません、と誓《せい》約《やく》すると、ジョシュアは三白眼《さんぱくがん》で一瞬だけニッと笑み、森へと通してくれた。

入口からは奥までどれくらい広がっているのか全体像が窺えないほど大きな森に足を踏み入れ、すこし奥まで来たところで、

「フィン、ダリウス、ちょっとこの辺で止まってくれる？」

とリーズが足を止め、周囲にひと気《け》のないことを確かめると、正午ちょうどにふわりと白猫

に変身した。

この時間に森に着くように計算して朝家を発《た》ち、村までの獣道は猫のリーズをフィンが抱いて妊婦の負担を軽くする計画だった。

何度見ても変身する瞬間は（おお）と感嘆の声を上げたくなりつつ、「おいで、美人さん」としゃがんで両手を差しのべると、リーズは「ニャーン」とおなかがふっくらした白猫姿で飛びついて来た。

ダリウスが落ちているリーズの服を拾ってトランクに詰め、

「では、これからお足元の悪い道も通りますが、お気をつけて私の後に続いていただけますか」

と両手にフィンとリーズのトランクを提《さ》げて村までの秘密の道を案内してくれる。

鬱蒼《うっそう》とした森の奥へ奥へと分け入り、フィンの目にはなんの目印もないように見える木立ちの間を急に曲がったり、斜めに進んだり、藪《やぶ》の中や古い倒木《とうぼく》の洞《うろ》の奥にある横穴を通ったり、知らなければ絶対に通れない道を必死についていく。

ひ弱な自分には軽い猫のリーズを抱くだけでもやっとなのに、寝ている子供を担《かつ》ぎながらではどれだけ大変だったろうと、よれよれになりながら詫《わ》びると、ダリウスは首を振った。

「とんでもない、私にはいい思い出です。いまでもお小さいフィンレー様がきゅっと首に抱きついてくださったときのときめきが心に残っておりますし、いまも叶うならトランクではなくフィンレー様を抱いてお運びしたいところです」

「もう、いまそういうこと言われると、ほんとにそうしてよって言いたくなるからやめてよ」

ベッドでは遠慮がちだが、意外に普通の会話には甘さを混ぜるダリウスにフィンは照れて赤くなる。

リーズがそんなフィンを見上げてからかうようにぱしっと尻尾《しっぽ》で叩いてきて、「そういう顔すると下ろしちゃうよ」「ナァン」などとしゃべっているうちに、ようやく木立ちがまばらになった隙間から光が射し込む出口が見えてきた。

森を抜けたときにはフィンの髪や服のあちこちに枯草やトゲトゲのひっつきむしがくっつき、ダリウスが荷物を下ろして丹念《たんねん》に取ってくれる。

村に目を移すと、いままでうす暗く単調な色調の森にいた分、目の前に広がる穏やかな色遣いに癒《いや》される。

水色のパステルで塗ったような空に白い雲が浮かび、青々とした丘には羊や牛がのんびりと草を食《は》み、遠くには窓辺を綺麗に赤や黄色の花で飾った木の家々が点在する絵本のような風景が広がっている。

「……とっても素敵なところだね……。ダリウスとリーズはここで育ったんだ……」

前回は寝ていて見られなかった美しい田園風景に見惚《みと》れながら呟くと、リーズが軽く顔を顰《しか》め、（見た目ほど牧歌的でもないのよ。それなりに意地の悪い人もいるし、どんな小さな事でもすぐ広まっちゃうし）と言いたげな調子で「ニャアニャ、ニャアニャ」と訴えてくる。

「ふうん。平和そうに見えてもどこもいろいろあるのかもしれないね。でも僕、この景色すごく好きだよ。ここを暴《あば》いて壊そうとするような悪い輩《やから》にずっと見つからないでほしいな」

まあ、あんなに人を寄せ付けないようにわかりにくく妨害《ぼうがい》しまくってる道を案内もなく辿《たど》りつける人間はそういないだろうけど、と思いつつ、ダリウスと並んでまずはマーカム家へ向かう。

リーズの父親は白猫になるルパート、母親は黒ウサギになるドミニクで、村で一軒の本屋『マーカム書店』を営んでいる。

昼はふたりで店番をしているとのことで、裏の自宅のドアではなく店の入口から中に入り、「ごめんください。初めまして、僕はリーズの義理の息子の……」と挨拶しようとして、フィンは思わず店内の様子に目を奪われる。

「うわぁ、すごい、物語に出てくるような本屋さんだ……！　いいなぁ、こんなところで育ったなんて、リーズが羨《うらや》ましい！　僕、こんな素敵な本屋さん、見たことない……！」

店内には木と本の香りが混ざり合い、年季の入った本棚は横板の縁にも細かな模様が彫《ほ》り込まれ、一冊一冊こだわりや愛情をこめて並べてあるのがわかる。きっと心の友になってくれる一冊と出会える場所という気がして、用件も忘れて本選びをしたくなっていると、丸眼鏡にエプロンをつけた無愛想な店主が言った。

「……人間と馴れ合う気はないし、街にはもっと立派な本屋があるだろうに、そんなに大げさに絶賛されてもただのご機嫌取りだろう……、と言いたいが、どうも本気で言ってるようだから、坊ちゃんのことは気に入った」

だが掟破りのドラ娘のことはまだ怒ってるぞ、とじろりとフィンの腕にいるリーズを見おろす。

フーッと身構えるリーズを守るように抱きながら、フィンはマーカム氏に言った。

「マーカムさん、僕を気に入ってくださったのなら、僕が実の母と同じくらい慕《した》っているリーズのこともう許してあげてくださいませんか……？　過去に人間に恋をして、悲しい結末に終わった半獣がいるのかもしれませんが、父とリーズは本当に愛し合っているんです。赤ちゃんが生まれたら、僕が全力で父を説得してみせますし、決してリーズを『悪い人間に引っかかって子連れで出戻る娘』にはさせません」

真摯《しんし》に言葉を重ねてもリーズを見据《みす》えるマーカム氏の視線はまるでやわらがず、フィンはこのまま押し続けるより、すこし時間をあけてから再度挑戦したほうがいいかも、と一時退却することにする。

「人間の僕が突然お伺いしてこんなお願いをしても、すぐにいいお返事はいただけないかもしれませんね。ひとまずダリウスの家にリーズと身を寄せますから、もしお気持ちが変わったら、お迎えに来ていただけませんか？　……それでもお心が変わらなければ、赤ちゃんが生まれたら、帰る前にこちらに寄らせてください。僕の妹か弟に、是非ともこのお店の空気を吸わせてあげたいんです。きっと本好きで夢のある子になってくれそうな気がするので」

媚《こ》びではなく心からそう告げて、「では、失礼します」とまだ険《けわ》しい顔のマーカム氏に会釈して出て行こうとしたとき、木の椅子の上にぬいぐるみのように丸まっていた黒ウサギが急に動いてドスッと夫に跳び蹴《げ》りした。

えっ、と驚くフィンの足元でウサギのドミニクは夫を見上げ、

(何度も話し合ったでしょ。もう三十の娘が自分で決めたことなんだから、村中に咎《とが》められても、親の私たちだけは頼ってきたなら助けてあげましょうって)

と言いたげな顔をしてから、白猫のリーズを振り仰《あお》いだ。

(ほら、もうすぐ三時になるから、奥で一緒に着替えましょう)とでも言うようにバックヤードを耳で示し、トテットテッとすこし進んでからもう一度振り返る。

リーズは瞳を潤《うる》ませ、フィンの腕からトンと床に飛びおり、母の後を追っていった。

ウサギのときでも強そうだから、きっと人になっても夫に負けずにリーズの味方になってくれるかも、と思いながら、蹴られた腰をさすっているマーカム氏にフィンは頭を下げる。

「マーカムさん、ドミニクさんと一緒に義母のことをどうぞよろしくお願いいたします。また出産までちょくちょく様子を見にお伺いさせてください。……あと、もしお邪魔じゃなければ、こちらの本屋さんのほうもまた覗かせていただけたらとても嬉しいです」

ダリウスの手からリーズのトランクを取って差し出しながら言うと、マーカム氏はしばらく

黙ってから、「……別に邪魔じゃないから、勝手に来ればいい」と仏頂面《ぶっちょうづら》で言いつつ鞄を受け取ってくれた。

店を出てダリウスの実家へと向かいながら、

「……なんだか結果的にはうまく行ったみたいだけど、全然計画通りに行かなかったな。ちゃんと礼儀正しく挨拶しようと思ったのに、素敵なお店に興奮して名乗るのも忘れちゃったし、リーズに『笑顔で』って言われてたのに、マーカムさんの顔が怖くて全然笑えなかったし……」

と気に病《や》むフィンにダリウスが微苦笑する。

「大丈夫ですよ。マーカムさんもフィンレー様が本気でお店を気に入られたのがわかって満更でもなかったでしょうし、最後まであんなご様子でしたが、本心ではリーズのことを受け入れているのがわかりました」

ならよかった、とホッと安堵し、フィンは隣を見上げる。

「そういえば、ダリウスもずっと帰省してないよね？　ご両親とはちゃんと連絡を取り合ってるの？」

いつまでも発作を起こしていた自分のために休みも取らずに常にそばにいてくれたことに改めて感謝の念と、拘束《こうそく》している済まなさを覚えながら訊ねると、

「はい、うちは折あるごとに手紙のやりとりをしておりますので、お互い近況は把握していますし、今回もふたりともフィンレー様にお会いするのを楽しみにしております」

と微笑を向けられる。

わあ、嬉しいな、僕も早く会いたい、と慣れない田舎道を歩く足取りを弾《はず》ませて、印刷所と診療所の間にあるレーン家の門をくぐる。

ただいま戻りました、とダリウスがドアを開けると、午後の仕事を休みにして待ち構えていたアデルとライリーが「いらっしゃい、フィンレーちゃん!」「よく来たね!」と実の息子より先にがばっとフィンを抱きしめてきた。

「アデルさん、ライリーさん、ご無沙汰《ぶさた》いたしております。おふたりともお元気そうで、十年前とちっともお変わりありませんね」

「まあ、そんなわけないけど嬉しいわ!」「顔が可愛いだけじゃなく、言うことも可愛いな!」と腕力のあるアデルと大柄なライリーにさらにきつく抱きしめられて、笑いながらコホッと息を詰めると、「父さんも母さんもはしゃぎすぎだよ。フィンレー様が苦しがってるだろ」とダリウスがふたりの腕からフィンを奪い返す。

いつも敬語のダリウスが両親の前では普通に息子っぽくなってる、と笑みながら見ていると、「いいじゃないの、本物は十年ぶりなのよ。毎年写真はもらってたけど」

「おまえはお屋敷でいつも一緒にいるんだから、こっちにいる間くらい私たちにもフィンレーくんを貸しなさい」

と七つのときと変わらずちやほやされて嬉しくなる。

きっと今回もここで過ごす時間は十年前と同じように何度も思い返す幸せな思い出になりそうな気がする、とフィンは初日に予感した。

＊＊＊＊

「ねえダリウス、僕、ここに来て結構体力ついたと思わない？」

リーズを見舞ってからの帰り道、フィンは隣を歩くダリウスに期待を込めた目で問う。

「そうですね。たしかに長い道のりも随分《ずいぶん》お楽なご様子になられましたね」

ひ弱な質《たち》だということを一応気にしているので、同意を得られてフィンは満足の笑みを浮かべ、ダリウスのお古の膝丈《ひざたけ》ズボンの左右のポケットに親指以外の指を入れて口笛を吹く。

家にいたときはどこへ行くにも車に乗せられていたが、レーン家には荷車と自転車しかなく、どちらもライリーとアデルが仕事や往診で使うので必然的に歩かなければならない。

最初の数日は筋肉痛に見舞われたが、その後は慣れてきて、ダリウスも気遣ってゆっくり歩いてくれるので、フィンは毎日の見舞いの行き帰りを楽しんでいる。

ただ、よそ者の滞在をよく思わない半獣《はんじゅう》もいるかもしれないので、あまりおおっぴらにうろうろするのは控え、出歩くのはマーカム家とレーン家の往復だけにしているが、都会育ちのフィンにとっては充分物珍しく魅力的な道のりだった。

ダリウスがトランクに詰めてきたフィンの着替えは普段着のドレスシャツやスラックスだったが、アデルが「ダメよ、こんな綺麗な服じゃ。舗装されてない田舎道ばっかりなのよ。もし転んで破けたり泥《どろ》が落ちなかったりしたら一大事だから、ダリウスのお古でも着ててちょうだい」と捨てずに取ってあった息子の木綿の服を引っ張り出してきて貸してくれた。

ダリウスは「どうしてフィンレー様にそんな服を……！」と嫌がっていたが、フィンは長身のダリウスにもこんな服がちょうどよかった頃もあったんだ、と喜んで借りている。

途中まで戻って来ると、野原に三角屋根の小屋のような形に枯草が積まれたものがいくつか並んでいた。

「あれは積み藁《わら》です。昨日までなかった辛子色《からしいろ》の小山を指して「あれはなに？」とダリウスに問うと、

「あれは積み藁です。干し草を集めてまとめておくのですが、夏の終わりごろにはもっとあちこちの畑で見られますよ。……子供の頃はあの積み藁でよく遊びました。学校の帰りに友達と小さめの積み藁に向かい合い、ずぼっと片手を入れて、反対側から伸びてくる友達の腕を探すんです。子供の頃は半獣の勘がまだ弱いので、なかなか探せずにお互いガサガサと中で手を動かしているうちに、バサーッと藁が崩れて埋《う》まったこともあります」

と懐かしそうに話すダリウスを見上げ、そんなやんちゃな少年だった頃のダリウスにも会いたかったな、とひそかに思う。

「ねえ、その遊び、僕もやりたい。僕、子供の頃そういう遊びしたことないし、いま一緒にやろうよ。僕には半獣の勘はないけど、第六感で当ててみせるから」

ダリウスの手を取って手近な積み藁まで駆けて行き、まず先にダリウスに手を入れてもらう。背丈を超える藁の壁でダリウスの立つ場所がこちらからは見えず、カサカサと音がした辺りを狙ってフィンも手を差し入れる。

肩まで入れて掌《てのひら》を左右に動かして探したが、枯草の感触しかなく「あれ？」とやや重みのある藁の中で腕をもぞもぞ動かす。

藁の向こうで小さく笑う気配がして、ちょんとあたたかいものに指先が触れた。

「あっ、見つけた！」

水をかくように藁の奥に腕を伸ばしてダリウスの手を掴むと、向こうからもきゅっと握り返される。

「もしかして、わざと僕の手の近くに寄せてくれたの？」

「はい。私にはお姿が見えなくてもフィンレー様がどこにおいでかすぐにわかるので」

「へえ、それは大人の半獣だから？」

「それもありますが、愛する御方だからです」

また堂々と断言され、藁越しに手を握ったままフィンは顔を赤らめる。

無邪気な子供の遊びをして童心《どうしん》に返ろうと思っただけなのに、繋《つな》いだ手から伝わるダリウスの体温や愛の言葉のせいで、身体の奥がじわりと熱くなってくる。

別荘から戻って以降、ずっとダリウスとは清らかに過ごしていたし、村に来てからもダリウスと同じ部屋で寝起きしていても、何も知らないアデルたちの手前、こっそりおはようとおやすみの軽いキスをするのがせいぜいだった。

でも、一度疼《うず》きを覚えたら、藁越しに手を繋ぎあうだけでは物足りなくなり、もっと深い場所でも繋がりたくなる。

野外で不埒《ふらち》な行為に及ぶなんて良家の子息《しそく》のすることではないし、ダリウスに淫乱な質《たち》と思われるのも不本意だが、どうしてもいますぐ抱いてほしくて我慢がきかなかった。

あたりを窺ってもほかに人影や動物の姿は見えず、フィンはこくっと唾《つば》を飲み、藁の壁で赤い顔を隠しながら小さな声で言った。

「……ねえダリウス、家に帰る前に、ここで、大人の半獣にしかできないことを、してくれない……？」

「え？」

こういうときこそ半獣の勘ですぐ察してほしいのに、また反応が鈍《にぶ》いダリウスの手をほどき、フィンは藁から腕を抜いて積み藁の向こうにいる相手のそばまで近づく。

内心もじもじしているのを隠しながら、中ほどの藁の束《たば》を両腕いっぱいに抱えて足元に下ろし、窪《くぼ》んだ部分に背を預けるように凭《もた》れかかる。

自分の重みでズズと藁が沈み、藁に埋もれるように横たわりながらフィンはダリウスを見上げた。

「……お願いダリウス、上からおまえが覆《おお》いかぶさってくれれば、きっと藁に隠れて外からは見えないから……」

そう言いながら、急《せ》いた手つきでシャツのボタンを外し、チクチクするのも厭《いと》わずズボンを下着ごと脱いで抛《ほう》る。

フィンレー様……、と掠《かす》れた声を出すダリウスにフィンは首を振る。

「いまはただの『フィン』だよ。『ブランベリー家の子息』じゃなくて、ダリウスを好きすぎてはしたなく外で裸になって抱いて欲しがるただのフィンだから、『様』なんていらない」

来て、と両手を差しのべると、「フィン……！」と呻《うめ》くようにダリウスにのしかかられ、さらに藁に埋もれながら唇を塞《ふさ》がれる。

「ンッ、んっ、ふっ……ぅん」

激しく舌を絡《から》ませあい、腕も脚も絡ませて脚の間を押しつけ合う。

いつ誰が通りかかるかわからず、じっくり全身を愛撫する暇がないためか、ダリウスは性急にフィンの両足を抱え上げると、地面に膝をついていきなり奥の蕾《つぼみ》に舌を這わせてきた。

「はぁっ……ん！」

最初から遠慮なくぬるぬると舐《な》められて肌を粟立《あわだ》てて喘《あえ》いでいると、ダリウスはそこを舌で突きながらフィンの両手を取って前で震える性器を握らせる。

「あっ、ン……！」

数回フィンの手ごと扱《しご》くとすぐ手を離し、ダリウスはフィンの左右の尻たぶを蘘から守るように掬《すく》い上げながら揉《も》みしだく。同時に後孔《こうこう》にぴちゃぴちゃと唾《つば》を塗りこめられ、後ろへの刺激で勃《た》ちあがった性器をどうにかしたくて自分で慰める。

「んっ、はっ、あっ、ぅんっ……」

たらたら雫《しずく》を零す茎《くき》を両手で擦《こす》っていると、ダリウスはぬるりと奥に舌をねじ込みながらフィンの片手を性器から外させる。

「えっ……」

ダリウスはフィンの手を胸に導き、性器と同時に乳首を弄《いじ》るように仕草で促《うなが》してくる。

一応蘘が目隠しになっているとはいえ、野外でお尻を中まで舐められながら自分で乳首と性器を弄るなんて破廉恥《はれんち》すぎると思ったが、早くとろとろになってダリウスに奥まで来てほしかったし、外ではしたないことをする高揚感もひそかに覚える。

なによりダリウスに見られながらする興奮は前にも経験済みなので、フィンは顔を赤らめながら右手でくちゅくちゅ音を立てて性器を擦り、先走りで濡れた左手で乳首を引っ張るように捏《こ》ねまわす。

ダリウスは興奮にぎらつく目でフィンの行為を凝視《ぎょうし》しながら、後孔に舌と指を同時に入れて奥を拡《ひろ》げてくる。

「あぁンっ、ひぁっ、そこ……んんーッ！」

ビリッと鳥肌が立つほど感じる場所を長い指で抉《えぐ》られ、思わず跳ねた爪先《つまさき》で藁の壁を蹴《け》る。ぐりぐりとそこをつつきながら舌を抜き差しされ、先走りと汗とダリウスの唾液《だえき》で足の間はぐしょぐしょに濡れ、尻の下の藁がすこし湿るほどだった。

肩で喘ぎながらダリウスが立ち上がって前立てを開くと、ぶるんと飛び出してきたものの巨《おお》きさにふるりと震えながらも釘付けになる。

「……すこし間が空いたので、怖いですか……？」

掠れた声で囁かれ、フィンは首を振る。

「ううん、怖くない……。だってほんとはもっと前から抱いてほしかったけど、ダリウスに淫乱と思われたくなくて、あとお父様に見つかって引き離されたりしたくなかったから、我慢してただけだし……」

正直に漏らすと、ダリウスは目を瞠《みは》る。

「……そ、そうだったのですか……。私はてっきり、ご要望のときははっきり命じられると思っておりまして、その後お呼びがかからないので、そういうご気分ではないのかと……」

赤くなって口ごもるダリウスにフィンは目を眇《すが》め、

「だから、なんでいつもそこだけ半獣の勘が鈍いんだよ。前にも言ったけど、対等な恋人なんだから、僕が命じなくてもおまえがしたいときはおまえから誘っていいんだってば。ほんとにそのとき僕がその気じゃなかったら断るし」

でもおまえから誘われたら嬉しくて絶対断らないと思うけど、と赤面して付け足すと、「フィンッ！」とダリウスが文字通り飛びかかってきた。

「あなたを淫乱などとは思いませんが、お振る舞いには最高にそそられます」

がしっと膝裏に両腕を入れて尻が浮くほど抱えあげられ、濡れた窄《すぼ》まりに熱い怒張《どちょう》を押し当てられる。

期待と緊張でヒクッと息を飲むと、ぐぐっと太い尖端がめり込んで、思わず叫びそうになった唇を唇で塞がれる。

「んんぅ、ぅぅうん、んんんんー……っ！」

狭い場所を押し拓《ひら》くようにぎっちりと屹立《きつりつ》を埋め込まれ、苦しさとそれ以上の喜びで瞳が潤《うる》む。

恐ろしく長いものを奥までおさめ、透明な糸を引いて唇を離すと、ダリウスが掠れた声で囁いた。

「……あなたを愛しています。まだ恋人としてしていいことといけないことの見極めがつかず、ご不満な点もあるかと思いますが、きっとこれから、あなたの意に添う恋人になりますから……」

生真面目《きまじめ》に告げられ、不満はほんのすこしだけで、もう充分最高の恋人だと答えると、ダリウスは感極まったように呻《うめ》きながら律動を始める。

たまには本能のまま強引に来てほしいと願ったとおり、積み藁が崩れそうなほど激しく抽挿《ちゅうそう》され、藁にまみれながら悲鳴を上げて達する。

放ったあとに見上げた空の色が透き通るように綺麗で、良家の子息にはふさわしくないとしても、ダリウスとならまたここでしてもいいな、とフィンは思った。

＊＊＊

「ねえ、ダリウス。この村に同性のカップルっているの？」

体力がついてきたと言ったそばから事後疲れて歩けなくなり、家までおぶってもらいながらフィンは恋人に訊ねる。

「はい、何組かはおりますよ」

「そうなんだ……。じゃあ、僕もアデルさんとライリーさんに、ダリウスは僕の世話係だけじゃなく恋人なので、今後村に戻って半獣の女性と結婚したりすることは期待しないでいただけませんかって、言ってもいい……？」

可愛がってくれるふたりに本当のことを話したら、息子には村で医者を継いで普通に結婚してほしかったのに、と落胆されて恨まれるかもしれないが、ダリウスと離れることだけはできないので、いつかは言わなければならない。

ふたりに嫌われるのは辛いので、帰る直前に話して言い逃げしてしまおうかと小狡《こずる》いことを考えていると、ダリウスがくすりと笑みながら言った。

「それはもうふたりともすでに承知しておりますよ。会った瞬間に半獣の勘でわかったそうですし、昔から私が手紙にフィンレー様のことしか書かないので、薄々気づいていたそうです」

「……え、ほんとに？」

フィンは驚いて目を丸くする。

はい、と頷かれ、ふたりともすべてわかっていてあんなにあたたかく接してくれていたのか、と嬉しくてありがたくて思わずうるりと瞳が潤む。

「……よかった。アデルさんたちに嫌われなくて……」

「嫌うわけがありませんので、ご安心ください。リーズのように孫を抱かせられないと伝えると、『フィンレーちゃんが可愛いから別に構わない』と言われました」

苦笑するダリウスにフィンは泣き笑いで首にしがみつき、「ダリウスもダリウスのご両親も大好きだよ」と鬣《たてがみ》のないすっきりした襟足《えりあし》に口づけた。

＊＊＊＊

それから二週間後、リーズが無事女の子を出産した。

やはり受胎《じゅたい》から二ヵ月のスピード出産で、元々猫の半獣《はんじゅう》は安産なことが多いらしく、正午すぎにお産が始まり、四十分もしないうちに白い子猫を生み落とした。

母子《ぼし》ともに元気で、付き添っていたマーカム氏も子猫の可愛さに初日と同一人物とは思えないほど相好《そうごう》を崩していた。

リーズが人型に戻ったのは午後三時過ぎだが、子猫は生まれて間もなく午後一時にゆりかごの中でカイルとフィンと同じ金髪に緑の瞳の愛らしい赤ちゃんになった。

人間とのハーフの影響が変身する時間の長さに現れたようで、身体にはヒューバートが危惧《きぐ》したような髭《ひげ》や肉球などは見当たらず、一同は胸を撫でおろす。

小柄だがお乳もよく飲み、寝ても起きても猫になっても可愛らしく、フィンはすっかり妹を溺愛する兄バカになる。

「きっとお父様もこの子を見たら、半獣だろうがなんだろうが構わないって言うと思う!」

「もし言わなかったから、とっととここへ帰ってこい。おまえと孫の面倒くらい俺たちが見る」

フィンと父親の言葉に後押しされ、リーズは時間稼《かせ》ぎの滞在を切り上げ、カイルの元に娘を連れて戻り、すべてを告白することを決意した。

マーカム氏は帰る前日にフィンを本屋に寄らせ、「娘の義理の息子なら、俺にも義理の孫だからな」とネズミの半獣が放浪生活をしながら書いた「メルの冒険」という本をプレゼントしてくれた。

アデルとライリーともまた遊びに来ることを約束して別れ、再び獣道を通って人里に戻る。

日曜日の昼前にブランベリー邸に戻ると、カイルは突然里帰りから戻ったリーズがもう娘を抱いていることに呆気《あっけ》にとられて固まった。

「お、おかえり。……でもまた予定日は先だったんじゃ……」

「ええ、でも体質的に早く産めたの。是非抱いてやって？　女の子よ」

煙《けむ》に巻かれたような顔をしつつ、おくるみごと渡されて受け取ったカイルは、娘のあまりの可愛さに細かい疑問を追及する気はなくなったようだった。

「なんて可愛いんだろう。……リーズ、本当にありがとう。お産に立ち会うつもりだったのに、ひとりで産ませてしまって済まなかったね。早産《そうざん》で大変だったんじゃないか？　君の身体は大丈夫なのかい？」

娘を抱いて優しく身を揺らしながら気遣うカイルにリーズは微笑んで頷く。

「ありがとう、安産だったし、フィンもいてくれたから、なんとかなったわ。ねえあなた、この子の名前なんだけれど、前に相談したとおり『アシュレー』でいいかしら？」

妊娠中にふたりで男女どちらでも使えて、『フィンレー』に似た韻《いん》を踏む『アシュレー』を候補に挙げていたそうで、カイルは「そうしよう。お嬢さん、君の名前はアシュレーだよ」と娘の頬にキスをする。

そのまま齧《かじ》るのではないかと思うほどアシュレーにメロメロのカイルを窺い、時計を確かめてフィンとリーズ、ダリウスとヒューバートは目を見交わして小さく頷く。

リーズはこくりと息を飲んでから、真顔でカイルに切り出した。

「カイル、実はあなたに打ち明けなければならないことがあるの。あなたに疎《うと》まれるのが怖くてずっと言えなかったんだけど、娘も生まれて、これ以上隠しておけないと思ったの。私の秘密を知って、あなたがどう思ったとしても、私はあなたを生涯愛するわ」

突然深刻な形相《ぎょうそう》になる妻に、「なんだい、急に」と戸惑った顔をするカイルの前でリーズとアシュレーが一瞬で白猫に変身した。

「……っ！」

ぱさりと床に落ちた花柄のワンピースから出てきた白猫と、腕の中のおくるみが急に軽くなって子猫に変わったことに、カイルはなにが起きたのかわからない混乱した顔で立ち尽くす。

フィンは父が驚きすぎて子猫のアシュレーを落とさないようにそっと手を添えながら言った。

「お父様、信じられないかもしれないけど、リーズは半獣という種族なんだ。僕も最近知ったんだけど、昼に三時間休むのは、貧血だからじゃなくて猫に変身してたからなんだ。でもただ可愛いだけだし、言葉も通じるし、三時間で戻るし、そういう特徴があるっていうだけなんだよ。中身はお父様が愛してるリーズのままだし、アシュレーも一時間だけ子猫になるんだけど、それも個性のひとつだと思って、どうかありのまま受け入れてあげて……？」

懸命に説得すると、カイルは呆然とした表情で、自分の足元から不安げに見上げているリーズを見おろす。

白猫でも変わらない琥珀色《こはくいろ》の瞳でじっと見つめるリーズと、おくるみの中ですやすや丸まって眠る子猫のアシュレーに目をやり、しばらく黙りこくってからカイルは床に膝を折って白猫のリーズに笑みかけた。

「……わかったよ。死ぬほど驚いたけれど、私の奥さんと娘は二倍可愛いということだね」

ニャアンと感激した声で飛びつくリーズを抱き上げる父を見つめ、フィンは心底安堵する。

父ならきっと大丈夫だろうと信じていたが、両手に白猫の妻と娘を抱いて頬ずりする父の順《じゅん》応性《のうせい》の高さにひそかに驚く。

ただ、いくら寛大な父でも、妻子だけでなく執事と世話係まで半獣だと知ったらさすがにうろたえるかもしれないし、息子が一角獣と恋仲だと知ったら卒倒《そっとう》するかもしれないから、それはもうすこしあとで打ち明けよう、とフィンは思う。

いまはリーズとアシュレーの変身を受け入れてくれただけでも大成功だし、うちのお父様ならきっとわかってくれるはず、とフィンは背後を振り返る。

安堵した表情のダリウスと目を合わせ、フィンは天使のような笑みを浮かべた。

あとがき

AFTERWORD

—小林典雅—


こんにちは、またははじめまして、小林典雅と申します。

本作は、夜の三時間だけ一角獣《いっかくじゅう》に変身する半獣《はんじゅう》の世話係と人間の坊ちゃんの主従ロマンスです。

今年三冊刊行していただいたうち二冊がファンタジーテイストなのですが、前作の「王子ですが、お嫁にきました」も、本作も込み入ったファンタジー設定ではないので、ファンタジー物はちょっと苦手かも、という方にもハードルは高くないと思います。こんなご時世なので、夢のある設定といちゃいちゃ増量で和《なご》んでいただけたらと思いながら書きました。

自分でも去年雑誌の特集号で「ファンタジー」というお題をいただくまで書いたことがなかったのですが、リアル王子様とか一角獣とかを書くのは楽しい！　と新たに気づきました。また機会があれば書いてみたいです。

半獣の村の設定は、周りにも猫っぽい人とか犬っぽい人がいるので、ほんとにこっそり猫とかになってたら面白いな、でも変身のタイミングは月夜とか驚いたときとかじゃなく、毎日決まった時間に変身するほうが人間社会に紛《まぎ》れやすいかも、などと妄想して作りました。

あとは大好物の身を粉《こ》にして受に尽くす健気《けなげ》なアンドレ攻と純粋培養でもベッドでは淫乱誘

い受、お互い一途《いちず》に想いあう初恋同士なのにすれ違う両片想い、引き際は弁《わきま》えている当て馬とのんきな家族などのお約束に加え、今回のこだわりポイントは内心恥じらいつつ攻に伽《とぎ》を命じる受の傲岸《ごうがん》口調と角《つの》プレイと藁《わら》プレイです！（意気込んだ！）（笑）

今回、半獣描写のためにいろんな動物の生態を調べたら、アカシカのオスはメスとの交尾以外にも、ひとりで草むらに頭を突っ込んで、草の中で角《つの》を動かすうちに性的に興奮して射精する習性があると知り、角でオナる鹿がいるなら、一角獣の角でもやらねば！と色めきたち、「角プレイをしたいです！でも角を実際にフィンの中に入れるのは嫌なので、あとで青姦《あおかん》もしたいです！」とプロットで意気込んでしまいました。大好きなおおやかずみ先生に角プレイや藁プレイなんてマニアックなシーンをお願いするのは恐縮だったのですが、最高に色っぽく描いていただけて、めちゃくちゃ嬉しかったです。まばゆい表紙をはじめ、幼いフィンと少年のダリウスや、成長したふたり、夢のような一角獣など、うっとりといつまでも眺めて浸《ひた》っていたい眼福《がんぷく》のイラストの数々を本当にありがとうございました。

あと裏設定で、ネズミのメルは実は美貌のツンデレ受で、フィンに振られてちょっといじけてたエリアルがメルに出会って新たな恋をすることになってます（二行で救済してみました）。

まだ気を抜けない状況が続いていますが、すこしずついい方向に向かっているはずなので、辛抱《しんぼう》続きで疲れたときには毒のないファンタジーでビタミン補給していただけたら嬉しいです。

この本を読んでのご意見、ご感想などをお寄せください。
小林典雅先生・おおやかずみ先生へのはげましのおたよりもお待ちしております。

〒113-0024　東京都文京区西片2-19-18　新書館
[編集部へのご意見・ご感想] ディアプラス編集部「恋する一角獣」係
[先生方へのおたより] ディアプラス編集部気付　○○先生

- 初出 -
恋する一角獣：小説ディアプラス20年アキ号（Vol.79）
天使の秘め事：書き下ろし

[こいするいっかくじゅう]
恋する一角獣

著者：**小林典雅** こばやし・てんが

初版発行：2021年11月25日

発行所：株式会社 新書館
[編集] 〒113-0024
東京都文京区西片2-19-18　電話（03）3811-2631
[営業] 〒174-0043
東京都板橋区坂下1-22-14　電話（03）5970-3840
[URL] https://www.shinshokan.co.jp/

印刷・製本：株式会社 光邦

ISBN978-4-403-52543-8